OBJETOS DE PODER

O ENIGMA DOS DADOS

MARCOS MOTA

OBJETOS DE PODER

O ENIGMA DOS DADOS

Livro 1

Principis

Esta é uma publicação Principis, selo exclusivo da Ciranda Cultural
© 2023 Ciranda Cultural Editora e Distribuidora Ltda.

Texto
Marcos Mota

Produção editorial
Ciranda Cultural

Editora
Michele de Souza Barbosa

Diagramação
Linea Editora

Preparação
Walter Sagardoy

Design de capa
Filipe de Souza

Revisão
Maria Luísa M. Gan

Dados Internacionais de Catalogação na Publicação (CIP) de acordo com ISBD

M917e	Mota, Marcos.
	O enigma dos dados - Livro 1 / Marcos Mota. - Jandira, SP : Principis, 2023.
	128 p. ; 15,50cm x 22,60. - (Objetos do poder).
	ISBN: 978-65-5097-052-9
	1. Literatura brasileira. 2. Fantasia. 3. Simbologia 4. Ocultismo. 5. Magia. 6. Poderes sobrenaturais. I. Título. II. Série.
2023-1262	CDD 869.93 CDU 821.134.3(81)-34

Elaborado por Lucio Feitosa - CRB-8/8803

Índice para catálogo sistemático:
1. Literatura brasileira 869.93
2. Literatura brasileira 821.134.3(81)-34

Para Sophia Dornellas

Agradeço à minha esposa, Fabiana Dornellas, pelo companheirismo, incentivo e renúncias, sem os quais esta obra não seria terminada.

Também à Sofia Araújo, amiga, mestre em Linguística e especialista em Leitura e Produção de Texto, que corajosamente me ensinou sobre Arte Literária.

SUMÁRIO

PREFÁCIO

Os diversos **mundos** foram criados por meio do conhecimento e da sabedoria.

A paz, a harmonia e o bem reinavam entre as raças não humanas, até que uma força cósmica, posteriormente denominada Hastur, o Destruidor da Forma, o maior dos Deuses Exteriores, violou as leis das dimensões superiores e iniciou uma guerra.

Para evitar a destruição de todo o Universo, Moudrost, o Projetista, a própria Sabedoria, dividiu o conhecimento primevo e o entregou, através de sete artefatos, às seis raças de Enigma.

Aos **homens,** a última raça criada, foram entregues as inteligências matemática e lógica. Às **fadas,** habitantes das longínquas e gélidas terras de Norm, a ciência natural. Aos **aqueônios,** a linguística. Aos **anões alados,** habitantes selvagens dos topos das montanhas, a história e geografia condensadas em um único tipo de conhecimento. Aos **gigantes,** os maiores dos Grandes Homens, a ciência do desporto. E aos **anjos,** primeira das raças não humanas, o conhecimento das artes.

A guerra estelar cessou, resultando no aprisionamento dos Deuses Exteriores.

Hastur, porém, conseguiu violar outra vez as dimensões da realidade e se livrar do confinamento, também conhecido como Repouso Maldito dos Deuses. Dessa forma, ele desapareceu na obscuridade, sendo obrigado a vagar pelo primeiro mundo das raças humanas à procura dos Objetos que lhe trariam o poder desejado e a libertação.

O Destruidor da Forma intentava reuni-los como única maneira capaz de destruir Moudrost e implantar o caos e a loucura no Universo. Sua perturbadora fuga do aprisionamento só foi percebida quando, um a um, os possuidores dos Objetos de Poder começaram a morrer misteriosamente, todos em datas próximas.

Contudo, para a desgraça de Hastur, os Objetos de Poder nunca mais foram vistos. Envolvidos sob um manto negro de enigmas, os sete artefatos mágicos desapareceram com a morte de seus possuidores.

A história que se segue narra com detalhes o paradeiro dos Objetos dados aos homens, como e por quem eles foram encontrados, aproximadamente, quinhentos anos após serem criados e, em seguida, desaparecidos. Não se trata de uma batalha entre o bem e o mal, mas uma guerra entre a Sabedoria e a Ignorância.

POR UMA
CESTA DE MAÇÃS

Existem muitas formas de magia. A matemática *é* uma delas e Isaac Samus tinha conhecimento disso.

Com apenas treze anos de idade, o garoto se relacionava com multiplicações, somas, divisões e subtrações como um pai que cuida de seu primeiro filho, recém-nascido. Não era apenas um sentimento de zelo e afeto que ele passara a nutrir por essa ciência que o atraía há anos. Significava posse e também um bocado de orgulho.

Sim! Isaac estava convencido de que se tornara o pai da matemática. Ou pelo menos, seu dono. Esse era o motivo pelo qual não aceitaria que houvesse concorrência ou outra força e poder tão grandes quanto os que adquirira. Para o menino, a matemática era soberana e também absoluta.

Isaac sempre fora apaixonado pelos números, fascinado pelas frações. Encontrava uma imensa satisfação em compreender as proporções numéricas e calcular probabilidades. Agora, tudo estava bem na palma de suas mãos. Literalmente.

Sete meses haviam se passado desde o dia em que, com esforço, estudo e sigilo, Isaac encontrara os Dados de Euclides, verdadeiros objetos de poder. Aquilo era fantástico e, agora, eram seus. Cinco estranhos dados, cada qual com uma cor e determinado número de faces. Havia ainda aquela atraente moeda de ouro, com o símbolo real da Rainha de Enigma em uma de suas faces (o desenho de uma coruja), que viera junto com a descoberta. Isaac percebeu logo que se tratava de algo especial. Não poderia ser outra coisa.

Os lançamentos aleatórios dos dados começaram e, para seu espanto, ele pôde comprovar que uma magia poderosa estava a seu dispor. Ele passou a acreditar que não precisaria de mais nada, pois agora se via capaz de possuir tudo. Até mesmo… maçãs.

O que mais um garoto da cidade de Finn, nas montanhas interioranas do Reino de Enigma, poderia desejar?

– Façam suas apostas, rapazes! Vamos com isso! – gritou outra vez o dono da barraca de corrida de ratos, sempre alisando seu bigode negro fino com uma das mãos e, com a outra, dando um tapinha em sua avantajada barriga.

Em seguida, ele voltou a cantar as regras do jogo.

– Caso tenhamos um único vencedor, a cesta, com todas as maçãs e o próprio dinheiro apostado, será seu prêmio. E eu fico com as demais moedas. Se tivermos mais de um vencedor, cada um receberá o número de maçãs equivalente ao número de moedas colocadas sobre a mesa de aposta. Mas, se ninguém acertar o número do rato campeão, as maçãs e as moedas ficarão comigo. Precisamos de, no mínimo, cinco apostadores para dar início à corrida.

O parque de diversões, estabelecido há um mês e meio na saída norte da cidade, estava abarrotado de pessoas. Havia as chamativas atrações, como a roda-gigante com seus excepcionais quinze metros de altura e suas cabines verdes em forma de balancim para duas pessoas; o colorido carrossel de cavalos cheio de luzes que piscavam ao ritmo de uma canção parecida à de uma pequena caixa de música com uma bailarina girante; por fim, a minhoca maluca que subia e descia em seu percurso circular entediante, contornando toda a área ao redor das demais atrações, sempre movendo sua cabeça de um lado para o outro, como se estivesse rindo e dizendo: "Não! Não posso acreditar que tenham coragem suficiente para subir em mim! Não percebem que todos os brinquedos deste parque necessitam de manutenção? Tudo por aqui é uma fraude".

– Em qual deles vocês irão apostar nesta noite? – insistiu o gorducho dono da barraca, olhando para as quatro baias onde os ratos aguardavam a abertura das portinholas individuais.

A barraca de corrida de ratos era espaçosa, embora a pista de competição dos animais, dividida em quatro corredores de igual tamanho, não ocupasse mais que dois metros de comprimento por meio metro de largura. Os roedores eram mantidos presos em cubículos individuais na extremidade inferior de cada corredor.

– Uma cesta cheia de maçãs – anunciou novamente o barraqueiro.

Isaac Samus encarou o velho e investigou seu olhar. Finn era uma cidade pequena e o parque uma divertida atração. Seria normal esperar que um garoto de treze anos retornasse algumas noites à mesma barraca para fazer novas apostas. Por outro lado, poderia parecer estranho o fato de o mesmo garoto sempre ganhar todas as vezes em que apostava.

Durante as três últimas semanas, o menino matemático visitara todas as barracas onde havia jogos de sorte. Ganhara cada aposta feita. Ele sabia que começava a se tornar suspeito, por isso revezava-se de uma barraca para outra, frequentando-as em dias alternados. Vencer todo jogo do qual participava poderia parecer bizarro ou extremamente suspeito.

Uma criança de oito anos ameaçou apostar todas as suas moedas de centavos no rato da baia número três. Seus olhos esperançosos encaravam a cesta de maçãs.

– O rato número um é o melhor dos quatro. Eu tenho observado cada um deles. Sei do que estou falando. O rato número três não está com nada – berrou uma mulher com um lenço azul na cabeça e vários dentes visivelmente podres na boca escancarada.

Logo o garotinho repensou sua jogada e transferiu suas moedas na área de aposta da baia três para a baia um. Outras duas apostas foram feitas para o mesmo rato e, em seguida, duas para o número dois e outras duas para o número quatro.

– Vamos logo com isso! – insistiu o dono da barraca – Façam suas apostas, pois as portas se abrirão a qualquer momento e a corrida começará.

Isaac não resistiu. Não percebera que começava a ficar viciado no poder da magia que possuía. Ele simplesmente não conseguia parar de usar os dados. Retirou do bolso da calça o saco que utilizava como alforje para guardá-los e revirou os objetos sobre a palma da mão esquerda. Fez tudo com muita cautela para que seus movimentos não chamassem atenção.

O dado de quatro lados era laranja e piramidal. Sua numeração preta ficava próxima aos vértices de cada uma de suas faces. Ele era chamado de D4 pelo garoto. O dado de seis lados, D6, era branco, com os números escritos também em preto, o mais comum e conhecido por qualquer habitante de Enigma, até mesmo pelos garotos menos estudiosos e inteligentes de Finn. D8, com oito lados, era vermelho, com a numeração amarela. Havia, ainda, o D12, o dado com doze lados, azul e com números brancos. E, finalmente, o esverdeado D20, um icosaedro com os números de cor laranja, inscritos de um a vinte em cada um dos lados.

Obviamente, Isaac escolheu o de quatro lados. Afinal, eram apenas quatro ratos em quatro baias. Isso facilitaria a compreensão da resposta obtida. Os demais dados foram jogados no alforje e guardados novamente em seu bolso esquerdo. A moeda foi separada no bolso direito da calça. Ele a usaria na aposta.

– Última oportunidade para esta corrida. Alguém mais quer ter a chance de ganhar essa linda cesta com maçãs? – insistiu o barraqueiro.

Tão rápido quanto a retirada e escolha do dado, as mãos de Isaac Samus se fecharam em concha ao redor do objeto selecionado, foram sacudidas e, finalmente, se abriram. Na palma da mão esquerda, agora aberta na horizontal, encontrava-se D4 com o número três inscrito no topo de todas as três faces laterais da pirâmide que formava o objeto.

Imediatamente, a moeda de ouro com o símbolo da realeza de Enigma deslizou sob os dedos de Isaac pela mesa de aposta. Ela valia muito mais que os centavos depositados pelos demais apostadores. Muito mais que a própria cesta com maçãs. Lentamente, ela foi largada sobre o número três, indicando que Isaac apostava nele.

O dono da barraca arregalou os olhos, com suspeita.

– O rato número três é o mais lento dos quatro – afirmou a mulher de lenço azul, fingindo estar pensando alto.

Os lábios do barraqueiro tremeram sutilmente, como se ele ameaçasse dizer alguma coisa. Talvez tivesse passado por sua cabeça calar a mulher.

Isaac tinha duas suspeitas sobre tudo aquilo, embora não precisasse da confirmação de nenhuma delas para vencer aquele jogo de sorte. A primeira era de que o dono da barraca alimentava alguns ratos e deixava outros à míngua. Faminatos, estes últimos eram capazes de farejar avidamente o amendoim escondido em um repositório oculto por baixo da pista de corrida, no local onde ela terminava, e, por isso, corriam, sem hesitar, até o fim do percurso e venciam sempre. E apenas um rato desse grupo era colocado por vez em qualquer rodada de corrida. Sua segunda suspeita girava em torno da presença de alguns supostos apostadores e curiosos, misturados aos frequentadores do parque, fingindo não fazerem parte do corpo de funcionários e proprietários dos espetáculos. Naquela noite específica, havia a mulher com lenço azul na cabeça. Mas, como, em todas as barracas de aposta, em todas as outras noites, ele pudera perceber, sempre havia um garoto, uma garota, uma mulher como aquela ou um senhor de idade sugestionando e direcionando os apostadores rumo ao azar.

– O que está esperando? – perguntou Isaac, ao perceber que o barraqueiro demorava a anunciar o início da corrida.

– Você não é o garoto que apostou no rato vencedor, há duas noites? E, também, há seis noites e, também, pela primeira vez, nove dias atrás? – cochichou o homem no ouvido de Isaac, como se quisesse intimidá-lo de alguma maneira.

– Existe alguma norma que me impeça de fazer uma nova aposta esta noite, senhor? – perguntou o matemático com certa polidez irônica, porém com medo velado.

– Esse rato não está com nada – insistiu a mulher do lenço, gritando e apontando para o roedor número três.

O homem de bigode negro liso temeu que a encenação dela passasse dos limites e ficasse descarada, a ponto de todos perceberem que eles estavam em fraudulento acordo. Caso ela continuasse a insistir na incapacidade do rato número três de ganhar, poderia jogar a farsa do resultado da corrida de ratos por terra.

– Três, dois, um... – o barraqueiro não hesitou mais e deu início à corrida, abrindo o acesso das quatro baias para a pista.

Olhares atentos de uma multidão agitada acompanhavam avidamente o trajeto dos roedores. Os animaizinhos cheiravam, andavam, paravam e voltavam a cheirar novamente. O percurso não era longo. A emoção do jogo, porém, parecia não ter fim. As crianças, principais clientes das barracas de jogos como aquele, estavam hipnotizadas.

Não demorou muito tempo para o rato número três se destacar dos demais. Exatamente como Isaac havia suposto, como seu dado havia confirmado e como os olhares do barraqueiro e sua cúmplice na enganação haviam planejado.

Já estava escuro. A lua subia branca e redonda no horizonte, como um enorme prato de porcelana. As luzes multicoloridas do parque preenchiam a atmosfera de toda a região na saída norte de Finn, junto com as vozes e ruídos dos brinquedos, que avisavam a toda a cidade: "Venham para cá. Aqui há diversão".

– Vai, vai, vai! – as crianças estimulavam os ratos que haviam entrado na corrida. Cada uma acreditando que seu grito seria capaz de incentivar o animal escolhido a vencer.

Apenas Isaac Samus permanecia calado, embora com os olhos fixos na corrida, como os demais. De qualquer maneira, Isaac não tinha necessidade alguma de tentar ajudar o roedor no qual depositara sua moeda de ouro. Ele já sabia que seu ratinho seria o vencedor, independentemente de quaisquer outros fatores, mesmo que fosse um alimento escondido no final da pista de corrida, como recompensa para o pequeno animal ou a simples abstinência de alimento. D4 havia sido rolado. O dado revelara-lhe o resultado final daquele jogo: o rato número três chegaria em primeiro lugar.

E assim foi.

Ao mesmo tempo em que parte da multidão – os apostadores, com exceção de Isaac – gemia de decepção por causa daquele resultado, outra parte vibrava e se alegrava ao ver que apenas um apostador conseguira ganhar a cesta lotada de maçãs.

– Ei, rapazinho! – gritou o dono da barraca – Como você faz isso?

Os gritos de euforia e decepção da multidão continuaram enquanto o braço de Isaac era agarrado pela rechonchuda mão do barraqueiro. As pessoas ainda não tinham percebido raiva no olhar daquele homem, pensavam que ele estivesse apenas cumprimentando calorosamente o apostador que vencera.

– Me larga! – gritou Isaac.

– Eu sei que você está trapaceando, seu pestinha.

– Isso é uma séria acusação, senhor.

– Todos estão comentando. Todos os donos de barraca de jogos. Todo o pessoal do parque. Você vem, faz suas apostas e sempre ganha. Quer que eu acredite que você não é um trapaceiro? Como faz isso? Acha que eu não o vi tirar algo do bolso?

– Deixe-me ir.

O dono da barraca, que com uma mão prendia Isaac, enfiou a outra mão no bolso do garoto à procura de respostas ou de qualquer coisa que pudesse incriminar a pré-ciência demonstrada durante todos aqueles encontros na jogatina.

Um calafrio percorreu todo o corpo do menino. Os dados não poderiam ser descobertos. A ideia de perdê-los causava-lhe terror e sensação de iminente desfalecimento.

– O que é isso? – perguntou o irado bigodudo, avaliando os objetos que retirara do bolso do rapaz.

Foi somente nessa hora que a multidão se deu conta de que havia um sério desentendimento entre o dono da barraca e o único vencedor da aposta. Todos olharam o que estava na palma das mãos do barraqueiro, sem entender o que acontecia: um pedaço dobrado de papel e um lápis.

O papel foi aberto e nele podia ser lido: "vinte cinco por cento de chances de acerto". Uma conta básica tinha sido rabiscada ao lado da frase "1/4 = 25%".

Um sopro de alívio saiu dos pulmões de Isaac, quando ele percebeu que seu adversário não conseguira alcançar o saco contendo os dados mágicos. Os únicos objetos encontrados foram o papel e o lápis com os quais Samus costumava treinar seus cálculos matemáticos ou brincar com números e fórmulas.

– Então, você anda calculando a probabilidade de vencer em cada jogada, não é rapazinho? – admirou-se o barraqueiro, soltando o braço do garoto.

– Você acredita que a matemática possa lhe contar sobre o futuro, não é?

– Desde quando fazer algumas contas se tornou crime? – perguntou Isaac.

– Então, você realmente se acha um gênio, um espertalhão? – O barraqueiro ainda não conseguia acreditar que fosse somente o gosto do menino pela matemática que o fazia vencer as apostas. – Pode até se dar bem com os números, mas é péssimo em lidar com as pessoas. Olhe para você! Está na cara que está mentindo!

Um olhar de apreensão, juntamente com um silêncio arrepiante, veio das pessoas que observavam o impasse entre Isaac e o dono da barraca. O menino havia ganhado a aposta, a cesta de maçãs era sua por direito. "Por que o barraqueiro se tornara tão violento?", começaram todos a se perguntar.

O falatório desconcertou o aborrecido dono da barraca de jogos, que, involuntariamente, largou o braço do garoto.

Aproveitando a oportunidade, Isaac recolheu sua moeda de ouro sobre a mesa de apostas, catou uma maçã da cesta ao lado que, na verdade, legalmente era sua e correu para se livrar daquele irritado e carrancudo homem de bigode liso e negro.

Isaac percebeu quando a mulher de lenço no cabelo caminhou em sua direção, também com intuito de agarrá-lo. Isso evidenciava haver entre ela e o dono da barraca algum tipo de acordo. Há quanto tempo ele estivera sendo observado em suas aventuras pelo parque de diversão? Será que mais alguém, além dele próprio e seu pai, tinha conhecimento sobre os dados?

"Trapaceiros são eles", pensou Isaac, correndo para longe daquele lugar.

Ouviu gritos de impropérios juntamente com os demais sons naturais vindos da agitação do parque. À medida que se afastava, correndo em direção ao centro da cidade de Finn, os gritos foram morrendo, até tudo tornar-se puro silêncio e alívio.

Isaac Samus sabia que a magia dos Dados de Euclides, aquele misterioso Objeto de Poder, pertencia-lhe. No entanto, uma coisa estava mais do que certa para ele, que, a partir daquele episódio de fuga, precisava ser mais cauteloso. Ele tinha uma única certeza em seu coração: nenhum tipo de poder realmente pode ser usado por muito tempo sem que seja descoberto.

CONVITE INESPERADO

O gosto da maçã ainda impregnava o paladar de Isaac quando ele chegou à porta de sua casa. A fruta estava deliciosa e o fazia imaginar a maravilha que seria se as coisas não tivessem saído do controle. Ter a enorme cesta cheia de maçãs em suas mãos, naquele exato momento, faria sentir-se como um verdadeiro monarca, e não um simples camponês.

Mas, para sua infelicidade, depois de todo seu empenho com os dados, ele não poderia – ou pelo menos não deveria – retornar ao parque durante toda aquela temporada. O verão e as férias estavam apenas começando…

– Você não pode fazer isso com seu filho.

A voz de um estranho ecoou de dentro da sala de sua casa, fazendo mudar a direção de seus pensamentos. Alguém conversava com seu pai.

Isaac recuou para não ser visto e encostou a orelha na porta para escutar melhor a discussão. O que poderia estar acontecendo?

– O garoto corre grande perigo. É tão difícil para você perceber? Estavam falando dele.

– Não deixarei que o levem.

– Se ele não sair daqui sob minha escolta, será raptado pelos inimigos do nosso reino. Muito provavelmente acabará morto.

Clérigo Samus arregalou seus olhos castanhos na direção do cavaleiro com quem discutia. De fato, ele se importava com Isaac, seu filho, tinha medo do que poderia acontecer com o garoto. Sentia que estava prestes a perdê-lo para sempre.

– A culpa não é dele, por ter encontrado aqueles estranhos dados, mas mesmo assim, meu filho tem o direito de usá-los como quiser.

– Com certeza. Se os Dados de Euclides foram parar na mão de Isaac, ele tem o direito de usá-los, mas esteja certo de uma coisa: não foi Isaac que os encontrou, foi o Objeto de Poder que o escolheu.

– E agora a rainha quer tomá-los das mãos dele.

O cavaleiro tinha cabelos negros que escorriam até seus largos ombros. Vestia uma túnica camponesa com capuz esverdeado para esconder sua verdadeira função de guarda real. Ele deu a volta ao redor da mesa da sala, ficando de frente para a porta de entrada e olhou no fundo dos olhos de Clérigo.

– É com essa mentira que você pretende destruir a vida de seu filho? Há quatro meses eu tenho batido à sua porta, trazendo comigo o pedido real para que permita que Isaac Samus vá à capital. E você sempre com desculpas esfarrapadas. Durante todo esse tempo, tem falado para ele que a rainha pretende roubá-lo? – O visitante riu. – Você nem mesmo conhece a rainha que tem. Ela poderia ordenar a ida do menino quando bem entendesse, mas não é assim que ela acredita que as coisas devem funcionar. E é por isso que ela é nobre. Vivemos em um reino construído, não em um império tomado à força.

O pai de Isaac toldou os olhos. O cavaleiro tinha razão. Qualquer outro soberano já o teria obrigado a abrir mão de seu filho. Humildemente, sem qualquer explicação plausível, a rainha Owl desejava a legalidade constituída no fato de que o responsável pelo garoto abençoasse sua ida para Corema, a capital de Enigma.

– Clérigo Samus, os dados não podem ser tomados de quem os encontrou. Ninguém pode arrancá-los das mãos de seu filho. Não sem antes liberar uma magia terrível e poderosa, capaz de destruir quem os maculou. Ainda assim, seu filho corre perigo? Sim. Ele pode ser morto a qualquer momento, pois é humano, mas de forma alguma ser forçado a abrir mão dos dados.

Escondido atrás da porta, Isaac ficou perplexo ao escutar aquilo. Ele sabia muito pouco sobre o Objeto de Poder que possuía, e, agora, era preciso saber também sobre aquela história de ir para a capital.

E, finalmente, os olhos de Isaac pareciam se abrir para a verdade. Seu pai estava mentindo todos aqueles meses sobre as visitas que recebia do desconhecido. A rainha Owl não pretendia roubar-lhe os dados, ela se preocupava com a segurança dele.

Não foi difícil para Isaac Samus perceber o porquê da mentira contada por seu pai. Clérigo havia perdido a esposa havia muitos anos e agora temia perder também o filho. Mas, que diferença faria se Isaac continuasse ali? Caso o enviado pela rainha estivesse com razão, a vida dele já corria grande perigo.

– Um poder enorme está à disposição do garoto. Você não acha estranho que ele o esteja usando simplesmente para conseguir maçãs em jogos de azar?

Isaac revirou os olhos e quase deixou escapar de sua boca uma lástima.

– Oh, oh! Tenho sido tão displicente assim, todo esse tempo? Até esse estranho sabe de minhas andanças pelo parque.

– Ele é apenas uma criança, não o condene pela ingenuidade de seus atos – defendeu o pai.

– Então, aceite o conselho da rainha. O garoto deve seguir para a corte e ser educado na capital. Ele não será a única criança detentora de um grandioso poder. Há muitos outros tipos de magia também espetaculares.

De modo, desesperado, Isaac Samus avançou através da porta de entrada da casa e se revelou.

– Eu quero ir, papai.

Clérigo virou-se assustado com a entrada inesperada do filho.

Um sorriso brotou nos lábios do viajante.

– Isaac, você ainda é muito jovem, meu filho, não sabe o que está dizendo – argumentou o pai.

– Não! Ele está certo, papai. Este senhor está certo. Não posso passar o resto da minha vida usando os dados para ganhar frutas e comidas em barracas de jogos – Isaac retirou o alforje do bolso de sua calça. – Eu poderia estar usando a magia desses objetos para algo muito maior, sem precisar correr o risco que enfrentei. Eu quase fui pego nesta noite em uma das barracas de corrida de ratos. Quando as pessoas descobrirem o poder dos dados, eu não sei o que será da minha vida. Talvez a rainha saiba. Pelo menos, ela tem um exército à sua disposição para me defender.

O pai do garoto olhou para a carta da rainha sobre a mesa. Clérigo não abrira o documento e não pretendia fazê-lo. Ela fora deixada ali desde o primeiro momento em que o viajante adentrou a humilde casa. Certamente, tratava-se de uma correspondência real. Ele sabia reconhecer o selo vermelho, inimitável, feito com cera derretida e timbrado com a insígnia da Coruja.

– Escute o que esse homem está dizendo, papai. Deixe-me ir para Corema. Deixe-me estudar na capital. Deixe-me conhecer a rainha.

Empolgado, Isaac voltou-se para o desconhecido e perguntou:

– Afinal, quem é você? Como você se chama?

– Bátor. Vicente Bátor. Eu sou um dos chefes da guarda. Há alguns meses, por meio do serviço secreto, a realeza tomou conhecimento da história de um garoto que poderia ter encontrado os Dados de Euclides. Há anos uma comissão secreta monitora o paradeiro desse Objeto de Poder. A informação veio por meio de boatos. Então, cheguei até você, Isaac de Finn.

– Então, todos já sabem sobre eles? – perguntou Isaac, assustado.

– Não oficialmente. Fui enviado para confirmar os fatos e, há alguns meses, tenho entrado em contato com seu pai, tentando convencê-lo de que você corre muito perigo. Preciso levá-lo para que conheça pessoalmente a rainha.

Os olhos de Isaac brilharam com aquela ideia. Um brilho quase egoísta, desencadeado por um sentimento de pura vaidade e cobiça, foi claramente percebido pelo soldado e também por seu próprio pai.

– Ela ficará espantada ao ver meu poder.

Bátor disfarçou sua reação de espanto ao ouvir aquela declaração saída com tanta naturalidade e presunção dos lábios de Isaac. Clérigo não conseguiu tamanha discrição. Seus olhos abriram-se de horror ao perceber o tom de arrogância e malícia na voz de seu filho. Talvez fosse melhor que ele seguisse, de fato, para a capital. O poder estava moldando de maneira sombria o caráter do garoto. Ambos, Clérigo e Bátor, sabiam que as evidências desse fato iam se mostrando claras.

Se, porém, por um lado, Bátor acreditava que apenas a educação apropriada em Corema, sob a supervisão real, pudesse livrar Isaac de tal maldição, para o pai do garoto, a ida poderia também significar uma desgraça. Como um garoto com fortes tendências à soberba e atrevimento se comportaria no centro de poder do reino?

– O futuro de seu filho está em suas mãos, Clérigo. Qual a sua decisão? – perguntou o viajante.

Isaac olhou suplicante para o pai. O garoto queria ir para Corema e conhecer a rainha. O alforje com os dados pendia em sua mão e foi direcionado para cima, ficando na altura dos olhos dos dois adultos presentes na sala.

– É verdade que esses objetos são capazes de dar acesso a informações e estratégias que nos permitirão solucionar os problemas do reino e, de certa forma, até predizer o futuro – disse Clérigo, ainda contrariado. – Isaac, meu filho, por que, então, você não os consulta para saber se deve realmente partir? Pergunte a eles se esse homem diz a verdade. Use o poder dos dados para saber se deve seguir com Bátor para a capital de Enigma.

Sem pestanejar, Isaac prontamente rolou os dados sobre a mesa.

A moeda caiu com a face do desenho da coruja virada para cima, ao lado do selo real da correspondência deixada por Bátor sobre a mesa.

D4 revelou como resposta o número 4. D6 o número 6. Assim como D8, D12 e D20, também seus maiores valores.

A decisão a ser tomada estava clara. Instruído pelo Objeto de Poder, sob a ordem da rainha Owl e protegido por Bártor, Isaac Samus seguiria viagem rumo à capital.

POUSADA ARQUEIRO

Isaac e Bátor partiram na manhã do dia seguinte. Antes que o sol raiasse e pudessem ser vistos por qualquer habitante de Finn. O menino sabia que, naquele instante, uma tremenda aventura iniciava-se. A vida enfadonha, acompanhando seu pai na olaria da cidade, havia acabado.

– Vou conhecer a rainha – suspirou Isaac, a quilômetros de distância da saída norte da cidade.

O valente cavaleiro da realeza continuou percebendo um tom arrogante na voz do garoto, mas nada comentou.

Cada um montava um cavalo de raça imponente, com arreios da melhor qualidade, ambos do exército da rainha, porém, sem quaisquer símbolos e brasões que os pudessem identificar como sendo da realeza.

Vicente Bátor ainda usava a velha capa com capuz esverdeada – também não poderia chamar atenção –, suas botinas pretas, bem polidas, chegavam quase ao joelho e sua espada de aço pendia do cinturão de couro, fazendo-o parecer ostensivamente agressivo e intimidador. Ele não devia ter mais que trinta anos de idade, mas sua barba rala dava-lhe a aparência de ser alguns anos mais velho.

Isaac Samus vestia a única calça e camisa de linho que possuía, suas melhores roupas. Uma indumentária bastante simples, sem bordados ou adereços, porém, de corte bem feito. O alforje com o Objeto de Poder escondia-se no bolso direito da calça. Ele calçava uma bota de cano curto visivelmente gasta e carregava um saco com outro conjunto de roupas mais simples. O saco também continha a resposta de seu pai para a rainha.

Isaac nunca se sentira tão importante em toda sua vida.

Assim que deixaram os limites de Finn, eles cavalgaram com determinação e muita velocidade pela estrada de terra que cortava o topo das montanhas. Quase duas horas haviam se passado quando chegaram a um pequeno porto aparentemente abandonado no Lago Nock. O sol começava a surgir no horizonte distante.

O chefe da guarda real pagou algumas moedas ao único barqueiro que por lá se encontrava e, uma hora mais tarde, já estavam na margem oposta. Seguiam para o leste, para a entrada da cidade de Melon, às margens do Nock.

– Corema não fica para esse lado – advertiu Isaac. – Por que descemos dos cavalos?

Bátor apenas o encarou, sem nada responder.

Caminhavam lentamente descendo a ladeira portuária. Puxavam os animais pelas rédeas e observavam atentos o acordar da cidade. A manhã ainda estava fria e um movimento tímido de trabalhadores já era percebido. A maioria deles pescadores, retornando do lago com suas pescas.

O cais com o mercado de peixes, a oficina de barcos e o estaleiro foram deixados para trás. Uma estrutura de pedra avolumava-se acompanhando a rua principal à medida que desciam. Era o grande Aqueduto de Persley, canalizando a água do Lago Nock montanha abaixo.

O canal possuía a base de pedra, cobertura e acabamento de carvalho em parte de sua extensão. Uma maravilhosa obra de engenharia usada para drenar a água para duas grandes cidades da região oriental de Enigma.

Isaac já tinha ouvido falar do Aqueduto de Persley, mas nunca estivera ali antes. Aliás, não se lembrava da primeira ou última vez que saíra de Finn. Por isso, maravilhava-se com o que via. A construção era, de fato, majestosa.

– Não estamos indo para a capital, não é? – perguntou novamente o menino, quase demonstrando não se importar.

– Você lançou os dados e entendemos que a resposta foi que deveria seguir comigo. Você acredita ou não no poder dos dados?

– A pergunta que eu fiz antes de rolá-los não foi se estávamos indo para Corema.

– Ainda assim eles deram uma resposta positiva, não foi?

Isaac não parecia gostar daquele jogo de palavras. Não havia dúvida de que Bátor estava escondendo alguma coisa. Gostando ou não, o garoto precisava descobrir.

– Antes do lançamento, minha pergunta foi se eu deveria vir com você.

– Então, parece que terá que confiar em mim daqui para frente – riu o valente cavaleiro.

Isaac fechou a cara. Achava que Bátor o tratava como criança, mas, definitivamente, ele não se sentia assim. Há quatro anos ajudava o pai a construir tijolos na olaria de Finn. Muitas vezes era ele quem fazia o almoço em casa, sem contar que era um excelente aluno, pelo menos em matemática, e havia descoberto os Dados de Euclides.

– Primeiro precisamos nos encontrar com uma pessoa. Depois, todas as suas dúvidas serão esclarecidas – disse Bátor, prendendo a rédea de seu cavalo no cavalete fixado em frente a uma estrebaria.

– Você está me dizendo que não estamos indo para Corema.

– O que estou dizendo é que primeiro vamos nos encontrar com uma pessoa, vamos passar em alguns lugares e, só depois, seguiremos para a capital. Entendido?

– Isso não foi mencionado quando você pediu a permissão de meu pai para eu partir.

Bátor fechou a cara para Isaac.

– Tenho certeza de que você estava louco para sair de sua cidade e conhecer o mundo. Não tenho dúvida de que está ansioso para conhecer a capital, sem dizer o encontro com a rainha Owl no palácio. Como se não bastasse, você ainda tem a resposta de seus dados mágicos. Então, é melhor entender de uma vez. Isaac de Finn, se você quer realmente fazer parte disso, comece aprendendo a obedecer às minhas ordens. E, para o momento, elas são para ficar calado. Aja com naturalidade. E tente convencer as pessoas de que sequer tem conhecimento do Objeto de Poder que possui e de que não estamos indo para Corema.

O menino engoliu em seco. Mesmo contrariado, sabia que precisava confiar no chefe da guarda da rainha e obedecer às suas ordens. Por isso, o seguiu calado.

O alojamento para cavalos fazia parte de uma bem cuidada e elegante estalagem. Uma placa de madeira talhada e pintada de azul indicava seu nome, "Pousada Arqueiro".

Isaac e Bátor adentraram a edificação pela porta da frente, que se encontrava semiaberta. As enormes janelas frontais ainda estavam fechadas, mas havia fumaça saindo da chaminé projetada acima do telhado sobre o segundo andar da edificação. Um adorável velhinho os atendeu no balcão prontamente.

– Senhor Augusto! – disse o senhor de idade sorrindo.

Bátor retribuiu o sorriso, olhando em seguida para Isaac. Seu olhar enviava a mensagem "não diga ao estalajadeiro meu verdadeiro nome".

Lembrando-se das duras palavras de Bátor minutos atrás, Samus compreendeu o aviso.

– Não sabíamos que passaria a noite fora – prosseguiu o simpático senhor que os recepcionara. – Por que não nos avisou? Sua filha também o acompanhou à casa de seu irmão?

Sem entender bulhufas, Isaac ficou impressionado com o que acabara de ouvir. O cavaleiro da rainha havia deixado sua filha naquela estalagem enquanto ele seguia para Finn. Se aquilo também não fosse uma mentira, que sentido faria deixá-la ali?

– Ela preferiu ficar no quarto e esperar. Ela detesta barcos, canoas e, principalmente, jangadas. E eu só precisava buscá-lo na casa de meu irmão – disse, apontando para Isaac, que abriu um sorriso amarelo e desconcertado. – Não tínhamos tempo para dar a volta ao redor do Lago Nock, por isso, ela preferiu ficar. Precisamos chegar à casa da tia deles antes de amanhã à noite. E ela mora em Penhor, no lado ocidental das terras de Enigma.

– Um dia de viagem é suficiente para chegarem a Penhor. Dará tudo certo – respondeu o homem da estalagem.

Àquela altura dos acontecimentos, Isaac estava ciente de que o que Bátor sabia fazer de melhor era persuadir uma pessoa. E também mentir. Afinal, qual seria seu verdadeiro nome? Vicente? Augusto? Ou nenhum desses?

– Espero que esteja mais do que paga nossa diária, pois não pretendo demorar muito lá em cima. Nossas bolsas de viagem certamente já devem estar prontas.

– Oh! O senhor é um ótimo cliente, senhor Augusto. Com o que deixou em minha mão, poderiam ficar com o quarto por mais dois dias e seriam tratados como reis. Uma pena não terem um pouco mais de tempo. Poderiam conhecer o Parque de Pesca ao sul do Nock e visitar o museu do Aqueduto de Persley. As crianças iriam se divertir um bocado.

– Teremos outras oportunidades. Certamente voltaremos a Melon. É uma agradável cidade.

Animadamente, o velho encarou Isaac.

– E você, garoto, como se chama?

– Felipe! – intrometeu-se Bátor, rapidamente, antes que Isaac dissesse seu verdadeiro nome.

Um sorriso incomodado brotou nos lábios do menino. Ele não teve mais dúvidas: Bátor, Augusto ou quem quer que fosse aquele cavaleiro sabia mentir com bastante naturalidade.

– Sei que não é da minha conta, senhor Augusto, mas me preocupo em pensar que deixou sua filha sozinha em nossa estalagem e sequer nos comunicou. Com certeza, teríamos redobrado nossa atenção. Espero que ela não tenha passado nenhuma necessidade por se sentir constrangida em nos procurar no meio da noite.

– Agradeço a preocupação com Gina, mas garanto-lhe que ela sabe se cuidar muito bem.

Bátor percebeu que a educação e polidez do velho escondiam sagacidade e malícia. Em nenhuma das outras vezes que se hospedara ali, o estalajadeiro fora tão intrometido e bisbilhoteiro como naquele momento. Era lógico que, se deixasse, ele estaria perguntando detalhes da suposta viagem à casa da tia, que a garota faria com seu pai e seu primo. Aqueles modos começaram a preocupar o chefe da guarda.

Em questão de segundos, Isaac e Bátor ganharam o andar superior da estalagem e bateram à porta do quarto alugado. Um tempo se passou e nada de respostas. O chefe da guarda bateu novamente, mas não esperou o mesmo tempo para poder colocar sua chave na porta. Para surpresa de ambos, a porta encontrava-se destrancada. E o quarto vazio.

– Não me diga que sua filha também é uma fraude, Augusto? – perguntou Isaac com ironia deslavada.

– Ela sumiu.

A resposta do cavaleiro e a mudança trágica em seu semblante colocaram temor na atitude de Isaac.

– Então, realmente havia uma menina? Quero dizer, sua filha desapareceu?

– Sim. Ela deveria estar aqui me esperando.

Transtornado, Bátor caminhou até a janela. Isaac não sabia o que pensar.

O quarto era um pequeno cômodo com uma confortável cama de solteiro à direita da porta e outra à esquerda. Havia uma cômoda de três gavetas com um espelho redondo sobre ela na parede adjacente à porta. Tudo parecia em ordem. Somente a bolsa de viagem e a menina não estavam lá. O que poderia ter acontecido com ela?

Devido à leve inclinação no batente, a porta do quarto movimentou-se pela ação da gravidade e quase se fechou nas costas de Isaac, quando ele a soltou e avançou para o centro do cômodo.

Da janela, ainda tentando compreender o que sucedera, os olhos azuis de Bátor se semicerraram como as pupilas dos olhos de uma serpente. Ele acabara de encontrar algo no quarto que não deveria estar lá.

O quadro-negro, que geralmente ficava no restaurante anunciando o prato do dia, estava pendurado na folha da porta por um prego. Nele via-se desenhada a imagem de um arco e flecha. O quadro com o desenho não estava ali quando se hospedaram no dia anterior.

– O que foi? – perguntou Isaac, percebendo cautela e atenção nos modos do cavaleiro.

– Esse desenho não estava aí quando ocupamos o quarto – respondeu, apontando para a imagem atrás do garoto.

O desenho fora feito à mão com giz e às pressas. Não passava de rabiscos.

– Provavelmente é o símbolo da estalagem. Afinal, ela se chama "Pousada Arqueiro", não é? Bastante coerente – simplificou o garoto.

– Sim. Talvez seja o símbolo do estabelecimento, mas não o vi estampado em nenhum outro lugar por aqui quando me hospedei anteriormente. E também tenho certeza de que ele não estava aí ontem à noite.

– O senhor na recepção pareceu acreditar que sua filha estivesse aguardando por nós neste quarto. Se não foi alguém da estalagem que colocou o quadro-negro aqui, então, quem foi?

Olhando ao redor, procurando por respostas, Isaac respondeu a sua própria pergunta, com interrogações.

– Gina? Sua filha?

– Ela não se chama Gina.

Isaac olhou com certo grau de ironia para Bátor.

– No entanto, ela é minha filha – completou o cavaleiro.

– Pelo menos isso – ironizou o garoto. – Começo a perceber que nem tudo é o que parece nessa história.

– Escute, Isaac de Finn, não se trata apenas de levá-lo à presença da rainha. Precisamos de você, mas o mundo não gira ao seu redor – censurou com severidade o chefe da guarda. – Temos que encontrar Gail, minha filha, antes que seja tarde demais. Não há sinais de arrombamento no quarto. Ela não deixou nenhum de seus pertences para trás, provavelmente, precisou deixar o quarto por causa de alguma ameaça… E a única coisa que você sabe fazer é ficar brincando com os fatos. Pare de olhar apenas para seu próprio nariz. Comece a pensar nas pessoas e em como ajudá-las. Será um bom começo para alguém que detém o grande poder dos dados.

O garoto sentiu um calafrio percorrer-lhe a espinha. Como o primeiro aviso, ainda na entrada da estalagem, aquela repreensão no quarto não fora algo esperado por Isaac, mas, no fundo, ele sabia que a merecia. Ainda assim, não fez questão de pedir desculpas por estar sendo tão insensível. A filha de Bátor poderia estar correndo grande perigo. Ele não a conhecia. Isso, porém, não tornava a situação menos grave.

– Assim que a encontrarmos, colocarei as cartas na mesa – completou o chefe da guarda real.

"Colocar as cartas na mesa." O que ele queria dizer com aquilo? Isaac fora convencido a deixar sua casa em Finn e seguir viagem com um chefe da guarda da rainha Owl. O garoto merecia ser tratado com mais consideração. Estava seguindo um estranho no escuro – era o que pensava, com toda sua presunção.

– Esse quadro foi colocado por Gail atrás da porta. Não tenho dúvidas de que ela tentou nos deixar um sinal de seu paradeiro. Talvez tenha escutado alguma coisa que a obrigou partir. – Bátor não se preocupou com os ressentimentos infantis que Isaac pudesse estar cultivando após as duras palavras que lhe direcionara. Seu foco se mantinha na mensagem claramente deixada por sua filha.

Olhando através da janela, percebia-se a facilidade de se alcançar o segundo andar subindo pela amoreira e caminhando ao redor da construção, pela saliência externa, até a janela. A árvore possuía uma copa muito larga e seu tronco, casca enorme, rugosa e escura. Se alguém se aproximou da janela pelo lado externo, isso, certamente, obrigou Gail a fugir pela porta.

Para Bátor, o segredo para descobrir onde se encontrava sua filha jazia na imagem do arco e flecha desenhada às pressas no quadro-negro do restaurante. O que aquele desenho poderia significar?

– Você é mestre em jogos de lógica. – Bátor estava pensando alto. – Gail, Gail, o que você nos deixou aqui? Onde você se encontra, minha filha? Vamos...

Despretensiosamente, Isaac retirou o quadro-negro do prego que o sustentava na porta. Segurava-o com as duas mãos, uma de cada lado, bem à vista de seus olhos. Tentando parecer preocupado com o sumiço da garota, ele ficou estudando a imagem do arco e flecha.

Eram poucos rabiscos feitos a giz no quadro-negro, mas que formavam perfeitamente o desenho da arma. Parecia evidente que se tratava de um arco e uma flecha esticada como que preparada para o lançamento. Havia um terceiro risco, solto e curvo, próximo à base da flecha, evidenciando a rapidez com que o desenho fora feito. "Pousada Arqueiro", um símbolo de identificação da estalagem onde se encontravam. O que Bátor poderia entender daquilo tudo?

Com naturalidade, Isaac moveu o quadro noventa graus de um lado para o outro. Sem mover as mãos das bordas por onde o sustentava no ar.

De uma maneira estupenda, não era mais a imagem do arco e flecha que estava na lousa. Daquele ângulo, após o quadro ter sido parado em uma nova posição, o que se via desenhado era uma espécie de barco, não mais uma arma.

– É isso! – exclamou Bátor – Essa é a mensagem de Gail.

Isaac encarou o desenho, começando a voltar o quadro para a posição inicial. Esforçou-se para enxergar qualquer coisa de anormal na imagem, mas não conseguira ver o mesmo que o cavaleiro tinha visto.

Bátor o deteve, tomando o quadro-negro em suas próprias mãos e o mantendo na posição em que a imagem da caravela era mais facilmente visualizada.

– Uma embarcação! – exclamou o menino, fascinado.

Dependendo do ângulo em que o quadro fosse colocado, um ou outro desenho se destacava na visão do observador.

Repentinamente, a lousa partiu-se ao meio, como se tivesse sido explodida por uma bala de canhão. Por pouco, Bátor não foi atingido.

O frágil quadro-negro tornara-se alvo de uma possante flecha que, após o rachar em duas partes, foi se encravar na madeira da porta do quarto. O projétil fora lançado de fora da estalagem, através da janela.

– Abaixe-se! – gritou o cavaleiro, levando a mão à cintura, mas sem retirar a espada da bainha.

E, instintivamente, os dois alvos, Isaac e Bátor, se apressaram para o corredor do andar onde se encontravam. Outras duas flechas os persegui-ram, sem provocar-lhes danos.

– Gail deve ter concluído que não estava segura neste quarto e fugiu. Por isso, ela saiu da estalagem na surdina, não sem antes nos deixar a pista de seu paradeiro – disse Bátor, puxando Isaac pela manga da camisa em direção à saída dos fundos da edificação.

– E onde devemos procurar por ela? Onde ela se encontra? – pergun-tou o garoto.

– No porto, aonde chegamos essa manhã. Muito provavelmente escon-dida na oficina de barcos.

OS OBJETOS DE PODER

Cada esquina poderia estar guardando uma ameaça desconhecida. Por isso, Isaac e Bátor tiveram que se esgueirar pelas vielas e becos, evitando as ruas principais.

Os cavalos precisaram ser deixados na estrebaria. Como fugitivos, eles não poderiam se arriscar a montá-los, pois seriam obrigados a cavalgar apressadamente e os cascos dos animais certamente chamariam muita atenção.

Bátor sabia que não deveria se expor em combate. Sua missão era secreta e, por isso, ele deveria fazer de tudo para prosseguir no anonimato. Muitas coisas estavam em jogo. Ele não desejava, de forma alguma, decepcionar sua rainha.

Muito provavelmente, seu perseguidor estaria sozinho, no máximo em dupla. O inimigo também não seria estúpido a ponto de chamar a atenção sobre si, tornando-se facilmente reconhecível nas ruas de uma cidade como Melon.

Visando à discrição, Isaac e Bátor subiram a ladeira, retornando ao porto por um caminho diferente daquele que tomaram para chegar à estalagem momentos antes.

Assim como Finn, Melon ficava nas montanhas. Ambas as cidades tinham um clima ameno e temperado durante grande parte do ano, mas era verão. Àquela hora da manhã, o sol começava a subir mais alto no céu e o calor se intensificava.

A travessia furtiva e em aclive pelos becos fez Isaac suar a camisa. Ele nunca experimentara tanto medo e tensão como naqueles poucos minutos até o cais. O menino irônico, e por que não cínico, deu lugar a um garoto assustado e cheio de temor.

Congelada na mente de Isaac estava a cena da flecha mortífera quebrando o quadro-negro ao meio. Ele pensava na possibilidade de ter sido morto durante aquele covarde ataque.

Ele possuía os Dados de Euclides, o que significava um grande poder. Contudo, começava a pensar que não era um poder muito útil para momentos como aquele. Se pudesse escolher, naquele momento, desejaria ser capaz de ficar invisível ou, quem sabe, ter uma força extrema capaz de colocar medo em qualquer oponente. Mas ele só possuía os dados. E esse pensamento começava a martelar sua cabeça. "Apenas os dados...", como se eles não fossem suficientes.

– Você precisa usar seu Objeto de Poder – declarou Bátor, como se estivesse lendo o pensamento do garoto. – Nossa interpretação sobre o desenho de Gail pode estar equivocada. Qual a probabilidade de estarmos indo realmente ao encontro dela?

Com destreza, Isaac sacou rapidamente D20 do alforje, sacudiu o dado dentro das mãos fechadas em forma de concha, abriu-as e conferiu. O número revelado foi dezenove.

– Temos noventa e cinco por cento de chances de encontrá-la na oficina de barcos – respondeu, guardando D20.

Isaac gastara muito tempo brincando de descobrir a probabilidade de andorinhas pousarem nos galhos de determinadas árvores ou de um urso surgir nos bosques de Finn, o que era quase impossível. Foi dessa maneira que aprendeu a distinguir os valores nos dados, em variadas formas de consulta.

Em D20, por exemplo, cada número poderia significar cinco por cento. Sendo o número um equivalente a cinco e o número vinte equivalente a cem por cento, dependendo do tipo de resposta requerida.

O olhar de entusiasmo de Bátor ao ouvir aquele resultado, noventa e cinco por cento, foi um bálsamo sobre o terror que começava a se apoderar de Isaac. De certa forma, os dados apresentavam alguma utilidade, afinal, pensou o menino. Mesmo que não pudessem fazê-lo desaparecer ou enfrentar com força suprema cara a cara seu adversário, eles eram capazes de dar a ele vantagem em uma fuga como aquela. Podiam lhe dizer a direção correta para a qual fugir.

No entanto, olhando por outro lado, aquele Objeto de Poder era a causa de estarem sendo perseguidos, caçados como um animal por seu predador. Seria inevitável pensar que tamanha magia não viesse carregada de responsabilidades e perigo.

– Por quem devemos procurar? Por uma garota? Quantos anos ela tem? – perguntou Isaac, assim que chegaram à primeira casa de barcos no porto de Melon.

– Gail tem a sua idade.

A resposta de Bátor deixou o filho de Clérigo surpreso. Eles teriam companhia, a filha de Bátor. Mesmo se sentindo acossado e rodeado por ameaças invisíveis, Isaac começou a gostar daquela aventura, pois já estava cansado de adultos lhe passando sermões. Precisava de amigos da mesma idade que pudessem entendê-lo de verdade.

– Se ela saiu da estalagem no meio da noite, deve ter se escondido em algum lugar por aqui e adormecido. Por isso, não nos viu chegar – concluiu o garoto. – O porto de Melon não é tão grande. Observe que os estaleiros terminam logo adiante.

Barcos pesqueiros já se encontravam retornando das partes profundas do lago. Muitas mulheres ajudavam no ofício de limpeza dos peixes trazidos, que eram entornados de barris içados do convés das embarcações sobre a área de recebimento. Outras moças, mais jovens, encarregavam-se de ensaboar as tábuas do piso do cais, preparando o ambiente para que se transformasse, em pouco tempo, em uma feira apinhada de pessoas. O cheiro enjoativo de peixe morto se mantinha no ar, mesmo com a limpeza que executavam com rigor.

Mas, inesperadamente, um transeunte ultrapassou Isaac, esbarrando com força na lateral de suas costas, passando por ele e prosseguindo sem se importar em desculpar-se pela violência praticada. Aquele golpe doeu tanto que quase lhe arrancou um grito.

– Gail – disse o cavaleiro.

Encapuzada, a menina vestia uma túnica com leves tons avermelhados, presa na altura da cintura por um cinto na mesma tonalidade. Fora ela quem empurrara Isaac e agora caminhava bem à frente deles, fingindo não os conhecer.

Ao ouvir Bátor pronunciar aquele nome e identificar a menina, Isaac compreendeu que era necessário segui-la, sem dar nas vistas. Agradeceu aos céus por não ter gritado com a pancada que recebera. Aquilo poderia ter chamado a atenção de muita gente ao redor.

O andar e o proceder da garota eram tão bem dissimulados que ela poderia ser facilmente confundida com uma das moças responsáveis pela limpeza dos peixes ou do assoalho do cais. Ela disfarçava seu andar e preocupação tão bem quanto Bátor ao conversar com o estalajadeiro.

– Uma menina... – pensou Isaac, duvidando de que aquilo fosse real – Por que ela teria vindo com seu pai?

Ao chegarem ao final da estrutura portuária, Gail virou-se para a direita e desapareceu após adentrar a última edificação de madeira. Na porta estava escrito "Oficina de Barcos" e, de maneira espantosa, pendia uma placa com um desenho semelhante ao deixado por ela na estalagem.

– Ela raciocinara muito bem ao fugir da Pousada Arqueiro para a Oficina de Barcos – pensou o matemático.

Agora Isaac, Gail e Bátor encontravam-se em um confortável, porém pequeno, cômodo sem janelas, interno à oficina, que aparentava estar vazia. A menina jogou o capuz de sua túnica para trás e abriu um sorriso para o chefe da guarda real.

– Papai, você encontrou minha mensagem.

Isaac testemunhou o sorriso mais encantador que já vira até aquele momento em sua vida.

– Isaac, esta linda garota é Gail Aris. Gail, conheça Isaac Samus, de Finn.

Os jovens apertaram-se mutuamente as mãos. Feitas as apresentações, o rosto de Isaac permaneceu leve e nitidamente corado.

– Que bom que você pôde vir. Você realmente tem os dados?

Responder àquela pergunta era algo encorajador e nobre. Por um momento, Isaac esqueceu que ainda corriam perigo e perdeu-se contemplando a beleza da filha de Bátor.

Gail tinha cabelos loiros, cacheados e longos. Seus olhos eram tão azuis quanto aquele céu anil de verão que começava a se firmar sem nuvens no decorrer da manhã. Tinham a mesma altura, porém ela era extremamente magra. Muito delicada e pequena, o que não condizia com uma pessoa capaz de acertá-lo da forma como fizera ao esbarrar nele do lado de fora da oficina de barcos.

– Sim. Eles me pertencem – respondeu Isaac, com orgulho e sem vacilar.

Antes que o tom arrogante, por possuir a magia de Euclides, tomasse lugar no discurso impensado do menino, Bátor interveio. O cavaleiro não precisava rolar os dados para saber que, em questão de instantes, Isaac estaria exibindo-se e vangloriando-se por ser o possuidor de tal objeto.

– Agora que já fomos apresentados, é preciso colocar alguns pingos nos *is*.

Fecharam a porta da casinha de ferramentas da oficina para que pudessem conversar mais à vontade, sem serem vistos. Contudo, Bátor mantinha sempre os ouvidos atentos a qualquer som suspeito.

– O que aconteceu na estalagem, Gail?

– Nossas hipóteses foram confirmadas. Espiões da Terra Ignor estão nos seguindo. Eu consegui identificar a presença de três deles durante minha fuga da estalagem. Estão armados com arco e flecha. Não os vi desde que deixei o quarto.

Isaac não estava acreditando no que ouvia. A menina meiga e frágil à sua frente narrava o episódio como se fosse um soldado em missão de reconhecimento na terra do inimigo. Gail parecia ter a bravura de um leão, demonstrava ser determinada e destemida. Era diferente de tudo o que sua imagem angelical transmitia.

– Você fez bem, minha filha – consentiu o cavaleiro.

– Não estou entendendo. Você se apresenta como Augusto para o dono da estalagem, mente sobre os propósitos de sua ida a Finn... O que significa tudo isso, afinal? Por que ela está aqui? – perguntou Isaac.

– Comece a se acostumar com isso, se pretende nos ajudar a encontrar o cubo. Se eu fosse você, trataria de arrumar um nome falso bem rápido, Isaac. É bom que nenhum estranho saiba quem somos nós – retrucou Gail, divertindo-se com a ignorância de Isaac.

– O que você quis dizer com ajudá-los a encontrar o cubo?

Bátor interrompeu o que começava a parecer uma discussão infantil, mesmo que Isaac insistisse em não se calar. Suas vozes se sobrepuseram. O garoto estava cada vez mais confuso.

– Nosso acordo não era de que eu iria para Corema conhecer a rainha? Aonde você pretende me levar agora? Por que não me falou sobre ela? Por que não me falou que o único interesse em mim era porque precisavam de ajuda?

– Fale baixo, Isaac. Alguém pode acabar nos escutando – pediu o chefe da guarda real, estendendo o indicador da mão direita sobre os lábios em sinal de silêncio.

O ânimo do menino arrefeceu-se ao pensar na possibilidade de serem descobertos. A flecha encravada na porta do quarto, o som do quadro-negro se quebrando ao meio, a fuga cautelosa da estalagem, tudo aquilo já fora o suficiente para provar-lhe que Bátor não estava brincando.

Assim, o cavaleiro começou a explicar mansamente e com detalhes todos os propósitos da aventura que se iniciara.

– Não pretendo lhe dar uma aula de história, Isaac, mas o que é importante você saber no momento é que os Dados de Euclides não são o único Objeto de Poder. Na verdade, você já deve ter ouvido falar de como Enigma foi criado.

Isaac assentiu, contrariado.

– Nosso mundo foi criado por Moudrost, a própria sabedoria em pessoa. Todas as coisas foram feitas por ela e para ela, em uma época muito remota. E, apesar de existir uma dimensão matemática em tudo o que foi criado, essa não foi a única magia por ela utilizada. Outras seis formas de inteligência constituem a base de todo conhecimento e poder usados para a criação do universo.

Isaac fechou a cara. Pretendia dizer que não ficara satisfeito pela maneira como todas as coisas vinham acontecendo e que Bátor lhe devia muitas explicações. Contudo, o que estava ouvindo começava a se apresentar bastante interessante. Mesmo que fossem explicações tardias, valia a pena manter-se calado e escutar.

– As primeiras criaturas de Enigma falavam face a face com Mou. Pouco a pouco, ela as alimentou de discernimento. Ela as amava a tal ponto que revelou a essência de seu poder a cada uma de suas criaturas. Dois humanos abstraíram os segredos da matemática e da lógica e, por meio do poder de Moudrost, tais mistérios foram colocados em objetos grandiosos. Os primeiros Objetos de Poder foram os Dados de Euclides e o Cubo de Random. As demais formas de inteligência foram estudadas com detalhes por outras raças de criaturas: anões alados, anjos, aqueônios e até mesmo pelos gigantes. Todos os mistérios da criação, todas as formas de inteligência, foram entregues nas mãos das formas de vida pensantes, a partir daí, criadas. Então, um grande problema surgiu, porque não havia união entre todas essas raças, nem mesmo entre os homens que receberam o conhecimento da matemática e da lógica.

– Eu conheço a história, mas não compreendo por que Moudrost não obrigou todas as criaturas a se unirem para protegerem os objetos – indagou o garoto.

– Mou não as obrigou porque concedeu a cada uma delas a melhor e mais sagrada dádiva que qualquer criatura pode receber, o livre-arbítrio. Os detentores de tais objetos sabiam que ninguém poderia arrancar deles tal magia. Inteligência e conhecimento não podem ser roubados de ninguém. Porém, dominar tais ciências não os fazia imortais. Eles poderiam ser assassinados e o conhecimento que desenvolveram poderia parar em mãos erradas. Por causa da falta de humildade entre os primeiros povos e raças criados, por causa da presunção, um a um, os detentores dos Objetos de Poder foram caindo. Tudo porque se negaram a se unir, a dependerem uns dos outros, contra o mal que buscava dominá-los.

– E agora eu encontrei os Dados de Euclides.

– Um de dois dos Objetos de Poder dados aos homens.

– Random criou o segundo objeto que nos foi concedido. Ele tinha convicção de que estava sendo caçado por causa disso e jamais deixaria o Cubo, detentor da lógica, perder-se ou ser tomado pelas forças Ignor. Random estava apaixonado por Penina. E, recentemente, eu descobri que ele teria enviado seu Objeto de Poder para ela – explicou Gail – Por isso, estamos indo para Verlem.

– Verlem? – espantou-se Isaac, como se o nome de qualquer outra cidade fizesse qualquer diferença para ele.

– Assim como você encontrou os Dados de Euclides, Gail está prestes a encontrar o Cubo de Random.

– Por que Mou compartilharia seu poder com suas criaturas, sabendo que elas não seriam capazes de mantê-lo em segurança? Não faz sentido.

Isaac não estava atrás de uma resposta ao fazer a pergunta. Inconscientemente, ele se sentia ultrajado por aquela história. Era sua natureza individualista e orgulhosa revelando-se mais uma vez.

– Moudrost não é humana, a ponto de ser egoísta; nem pertence a este mundo, para que a tema. Ela compartilhou sua magia, porque é assim que um verdadeiro poder se manifesta. O medo e a preocupação só existem para nós, criaturas.

– Certamente, Euclides conseguiu esconder os dados antes de sofrer um ataque e ser morto – intrometeu-se novamente Gail.

Isaac relaxou a testa e se colocou em uma posição menos defensiva. Afinal, os dados agora lhe pertenciam.

Bátor identificava todos aqueles sinais de mudança de comportamento no menino. Estivera observando-o em segredo por muitos dias durante os últimos quatro meses, quando fora enviado pessoalmente pela rainha para investigar se o objeto estava em seu poder.

– Muitas criaturas acreditam que essas histórias sejam apenas lendas, Isaac. Mesmo Euclides tendo existido, pouquíssimas pessoas aceitaram que seus dados fossem reais. Para a maioria delas, ele foi apenas um fantástico matemático, e só.

– Onde você os encontrou? Os dados... – perguntou Gail interessada.

– Não podemos gastar tempo com isso agora, filha. Os espiões de Ignor estão nos caçando pela cidade de Melon. Primeiro precisamos sair daqui com vida. Caso contrário, tudo estará perdido – ponderou o pai da menina.

Isaac estava atônito. Não conseguia acreditar em tudo o que ouvira. Ele possuía um dos sete Objetos de Poder, de existência descrita nas histórias que ouvira quando criança. Aquilo era simplesmente fantástico.

– Então, estamos indo atrás do Cubo de Random, seguindo uma pista encontrada por Gail? – questionou o garoto, resumindo a situação para que melhor a entendesse.

Mal finalizou a pergunta, um ruído furtivo interrompeu a conversa. Todos perceberam que viera do lado de fora da oficina de barcos. Alguém se aproximava, mas não caminhava com naturalidade. Eram passos velados de alguém que tentava ocultar sua presença.

Bátor espiou através da fresta da porta do cômodo onde eles se escondiam. Em seguida, fez novamente um gesto de silêncio com o dedo.

– Por isso, nosso encontro com a Rainha Owl em Corema deverá esperar, Isaac. Precisamos encontrar o Cubo, antes que outro o faça.

Gail e Isaac encararam-se. A menina era esperta o suficiente para detectar traços de ultraje no olhar que Isaac arremessou a ela. Ela respondeu com um leve sorriso e o levantar de uma sobrancelha. Isaac não seria o único a possuir e a controlar uma magia poderosa.

– Temos que sair daqui agora ou seremos presas fáceis – disse o cavaleiro, ainda espiando.

– Mas não podemos sair pela porta de entrada. Seríamos alvos fáceis, mesmo nos misturando com as pessoas na feira. Você viu como aquelas flechas quase nos acertaram, Bátor.

– Eu conheço uma saída alternativa. De madrugada, quando cheguei aqui, foi a primeira coisa pela qual procurei: uma maneira de fugir, caso fosse descoberta.

A menina deslizou um caixote que estava encostado em um canto do pequeno cômodo, com cuidado e em silêncio. Um alçapão revelou-se.

Os pensamentos de Isaac foram às alturas. Quem, afinal, era Gail?

A mente da garota parecia raciocinar a mil por hora. Nada do que ela fazia condizia com a fragilidade, inocência e ingenuidade da imagem que transmitia. Mesmo se sentindo enciumado pelo fato de ela parecer prestes a descobrir outro Objeto de Poder, conforme escutara, Isaac sentia empatia por ela. Mas, dificilmente, demonstraria.

Bátor destrancou o alçapão e, para sua surpresa, viu água quando ele foi aberto.

– Vamos cair no Lago Nock – disse ele, pesaroso.

– Parece raso – comentou Isaac, temendo que Bátor optasse por um confronto direto com seus perseguidores.

– Estamos sobre um dos canais do aqueduto que sai da cidade de Melon – explicou Gail. – É nossa melhor opção de fuga.

– O Aqueduto de Persley.

– Os meus dados podem nos mostrar a melhor opção de fuga.

Sem perceber, Isaac levantou a voz ao responder a menina. Infelizmente, a única coisa que conseguiu com sua displicência foi atrair a atenção dos espiões de Ignor, que, próximos à entrada da oficina de barcos, já os procuravam atentos.

NO AQUEDUTO

Gail passou pelo alçapão sem pestanejar. Foi seguida por Isaac, relutante. E, finalmente, Bátor os acompanhou. Mas não sem antes fechar a portinhola no piso do pequeno cômodo, que dava acesso ao canal.

Não poderiam ter mais sorte do que aquela. Era verão e a temperatura da água estava suportável. Percorriam um extenso túnel com base constituída de pedra e o teto de madeira. A luz solar invadia as frestas da alvenaria, iluminando debilmente parte do caminho à frente.

Seguiam silenciosamente com passos ágeis. A água batia-lhes nos joelhos. Não escutaram qualquer ruído de passos os seguindo. Então, concluíram que haviam conseguido deixar os espiões de Ignor para trás.

Repentinamente, o teto de madeira horizontal foi substituído por um arco do mesmo material pedregoso que formava o assoalho. Haviam saído da região portuária. Certamente, o canal começava a se estender sobre pilares ao longo da parte baixa da cidade.

A escuridão ficou muito pior, mas não completa. Havia luz em algum lugar muito à frente do canal e foi o que lhes serviu para orientação.

Após uma caminhada em linha reta por, aproximadamente, trezentos metros, encontraram a fonte de luz. Era proveniente do sol e adentrava o canal através de um lanternim: uma torre de acesso ao passeio lateral do aqueduto, que também servia como respiradouro. Encontravam-se a treze metros de altura do solo, na ponte do Aqueduto de Persley, sobre a praça central da cidade de Melon.

– Mantenham-se abaixados. Não podemos ser vistos – orientou Bátor.

– Vamos prosseguir pelo canal.

Isaac conferia, de tempo em tempo, o alforje com seus dados, no bolso de sua calça. Ele estava com medo, mas a posse de um Objeto de Poder lhe garantia alguma segurança e produzia um mínimo de encorajamento.

– E nossos cavalos? Como chegaremos até eles? – perguntou o garoto.

– Não voltaremos para buscá-los.

– Bátor?

– Corema é abastecida por onze aquedutos, entre eles o de Melon...

– Mas você deixou claro que não vamos para a capital. Não ainda – rebateu Isaac, seguindo o fluxo de água.

– Existe um reservatório quilômetros à nossa frente, onde o aqueduto se divide. Parte dessas águas se junta com o Aqueduto das Águas Altas para abastecer também a cidade de Verlem, nosso destino.

– Você ficou maluco? Quantos quilômetros teremos que andar a pé para chegar até lá? Cem?

Gail intrometeu-se na conversa.

– São sessenta quilômetros. Mas grande parte do trajeto possui correnteza. Podemos usá-la a nosso favor.

– Isso é loucura – protestou o garoto.

– Não fazia parte do nosso plano inicial, mas é a melhor chance de viajarmos sem sermos vistos. Se ainda não se deu conta, estamos sendo caçados. Não posso arriscar sua vida nem a de Gail em um confronto com os espiões de Ignor.

Isaac, Bátor e Gail já haviam passado pelos sete lanternins da ponte sobre a praça de Melon, mas não percebiam que, devido à inclinação da luz do sol projetada no interior do aqueduto através dos respiradouros, suas sombras eram projetadas na cúpula dos arcos que atravessavam.

Os vultos que eles produziam desapareciam rapidamente. Eram quase imperceptíveis para as pessoas distraídas nas ruas, mas não para olhos atentos que os espreitavam e procuravam por eles. E dessa forma os espiões de Ignor perceberam por onde eles haviam escapado.

Durante vinte minutos, a caminhada intensa aconteceu com a correnteza batendo-lhes nos joelhos. Ao final desse tempo, começaram a trotar. Sabiam que estavam muito longe de chegar a Verlem, mas se alegravam por perceber que Melon ficara para trás. Conseguiram escapar da cidade utilizando um dos canais do aqueduto. Brilhante! Mas sabiam que não estavam a salvo.

Os respiradouros, que antes surgiam de trinta em trinta metros, começaram a ficar mais escassos. E a velocidade da água nitidamente aumentava canal abaixo.

– Não morreremos de sede, mas, se quisermos sobreviver, teremos que parar a qualquer momento e procurar algo para comer nas árvores da floresta.

– Também estou com fome, Isaac. Não se preocupe – consentiu Bátor.

De repente, um ruído chamou a atenção do cavaleiro. Sua filha também escutou o barulho e logo identificou o som de passos ágeis que se aproximavam deles por trás. Gail voltou o olhar e confirmou a presença insidiosa e ameaçadora de um espião.

– Eles nos descobriram. Estamos sendo seguidos – alertou a menina.

Os três companheiros dispararam a correr na única direção em que podiam. Bátor e Gail visualizaram a estratégia de seus inimigos. Outro espião poderia estar aguardando por eles mais à frente, no lanternim seguinte. Contudo, não tinham opção. Estavam emboscados de qualquer jeito. Isaac não conseguia pensar em nada, a não ser correr o máximo que pudesse.

Por questão de segurança, o chefe da guarda real passou à frente. Bátor desembainhou sua espada e correu com ela em punho preparando-se para qualquer tipo de surpresa.

O espião que os perseguia estava cada vez mais próximo e carregava preso às suas costas o arco e uma aljava com várias flechas. Ele estava quase alcançando Isaac.

Para surpresa de Bátor, o que surgiu não foi um espião de Ignor, mas uma divisão no canal.

– Sigam-me! – gritou ele, tomando o lado direito do canal.

Gail o seguiu instintivamente, mas Isaac só percebeu que errara o caminho quando sentiu seus pés escorregarem e seu corpo cair.

Uma rampa razoavelmente inclinada o direcionou para uma galeria ampla e inundada. Dela saíam três canais em direções distintas, mas todos lacrados com grade, que permitia apenas o fluir das águas. No máximo, a passagem de um braço de Isaac.

Havia ainda três janelas, também gradeadas, nas paredes logo acima de cada escoadouro. E, no teto da galeria, uma abertura central inalcançável.

Isaac correu para os canais e forçou as grades de cada um deles. Não havia como arrancá-las. Ele estava preso, com a água batendo-lhe na cintura. Após assustar-se com o som metálico de duas lâminas colidindo-se, olhou para uma das janelas e avistou Bátor e Gail. A garota estava atrás de seu pai, protegendo-se. O cavaleiro lutava contra um espião que usava duas facas consideravelmente grandes e tão afiadas quanto à espada de seu oponente.

– Vejo que você não tem para onde fugir – disse uma voz sibilante como o som emitido por uma serpente.

O garoto permanecia preso na galeria, mas não estava mais sozinho. O espião que o perseguia no canal havia descido pela mesma rampa por onde Isaac escorregara. Arrancava seu arco das costas e preparava para atirar no menino.

As grades voltaram a ser forçadas. Isaac percebeu que era inútil tentar movê-las.

Do lado de fora, a situação não parecia menos tensa. Mesmo não avistando mais Bátor e Gail através das janelas da galeria, Isaac podia escutar o tilintar das lâminas em duelo.

Amedrontado, Isaac assistiu a seu oponente esticar o cordão do arco e mirar a flecha em sua direção. O garoto levou as mãos ao bolso e sacou o alforje como se fosse um amuleto da sorte. Não havia nada que aqueles dados pudessem fazer por ele, por mais fantástico que fosse seu poder de predizer o futuro.

Mas, inesperadamente, o arco com a flecha foi arrancado das mãos do inimigo e o espião caiu atordoado no piso inundado da galeria. Em um instante, Isaac estava salvo. Gail lançara uma faca certeira, frustrando o ataque opressor.

Isaac foi agarrado pelas costas enquanto corria em direção à rampa que o levara até aquela prisão. Sentiu seu corpo ser puxado para trás e, em seguida, tombou junto com o corpo de seu adversário. Isaac ainda segurava o alforje com seus dados.

Bátor, que desferia golpes incisivos, passou a se defender e a observar embasbacado pelas janelas da galeria, a morte certa que se aproximava de Isaac. Gail gritava, mas seus berros não podiam salvar o companheiro.

Com uma das mãos, o arqueiro inimigo mantinha a cabeça do garoto dentro da água. Com a outra, ele tentava arrancar o alforje de suas mãos. Isaac debatia-se inutilmente. Ele era muito mais fraco que o espião de Ignor e muito despreparado para enfrentar uma briga como aquela.

Assim que o ar de seus pulmões se esgotou, Isaac abriu a mão e a sacola com o Objeto de Poder lhe foi tomada.

O espião abriu o alforje e derramou os dados com a moeda de ouro sobre a palma da mão esquerda. Os objetos luziam. Uma emanação dourada e quente podia ser percebida.

O corpo de Isaac, que afundara na água, foi levado pela correnteza na direção de um dos canais e ficou preso na grade que o encerrava. De uma forma terrível, ele começou a sacudir como se estivesse tendo uma crise epiléptica.

Seus braços e pernas moviam-se indistintamente de um lado para o outro e seu peito e abdome enchiam e se comprimiam revelando um ritmo respiratório acelerado.

Em questão de segundos, após uma explosão que inchou seu corpo e uma mudança de cor inexplicável que alterou toda a tonalidade de sua pele, Isaac Samus já não era mais o mesmo. Ele havia se tornado um gigantesco animal com garras e dentes enormes e afiados. Com uma couraça impenetrável que revestia todo seu corpo reptiliano, estendendo-se até a ponta de uma longa cauda que magicamente apareceu, certamente, Isaac já não era mais o mesmo. Ele agora se transformara em um dragão.

Bátor estava apavorado com a cena que via, mas não mais do que o espião contra quem lutava. O chefe da guarda aproveitou a distração de seu oponente e o feriu com um golpe.

Antes que pudesse acompanhar com os olhos o corpo do espião cair do aqueduto rumo ao emaranhado de árvores logo abaixo, a atenção do cavaleiro foi tomada de sobressalto pelo rugido da fera presa dentro da galeria sobre a qual ele e Gail se encontravam.

Os dados caíram das mãos do perseguidor que os roubara de Isaac. O espião agora estava preso junto com um dragão na ampla sala inundada. O Objeto de Poder afundou, mas não foi levado pela correnteza. Os dados pareciam pesar toneladas e ter vida própria. Reluziam.

O espião não conseguiu sequer mover-se para fugir. Ele estava paralisado de medo, em estado de choque. De todas as magias que já presenciara em Enigma, nada se comparava àquela transformação.

A boca do dragão se abriu outra vez e ele rugiu furiosamente. Sua cauda balançou, fazendo estremecer toda a estrutura abobadada da galeria e abrindo um buraco entre duas janelas, quando tocou a parede.

Um vapor estranho saiu de sua garganta e, em seguida, todo o ar do recinto pareceu ter sido sugado por ela. Em um piscar de olhos, um jato de fogo foi cuspido da enorme boca do animal, fazendo evaporar cada metro cúbico de água ao redor e carbonizando o corpo do ladrão.

Nessa hora, Gail e Bátor tiveram que se esconder atrás do que sobrara das paredes da galeria, que também ficaram muito quentes. O aço das grades entortou e uma grande labareda subiu pelo buraco superior do teto. A prisão fora destruída.

O dragão avançou dois passos para a frente, enquanto os dados e a moeda moviam-se misteriosamente, como ferro atraído por um ímã, na direção da criatura. Cada parte daquele Objeto de Poder posicionou-se ao redor do monstro de maneira equidistante uma da outra, como se estivesse sobre a circunferência de um círculo.

Tão rápida como a transformação de Isaac naquela criatura foi a metamorfose inversa.

A água voltara a escorrer pela rampa para dentro da galeria. O fluxo fora restaurado para os três canais distintos. A única mudança na estrutura hidráulica do aqueduto, após aquele espetáculo de magia, era o enorme buraco aberto em uma das paredes.

Bátor passou por ele depressa. Cobriu o corpo nu de Isaac com uma túnica molhada que Gail carregava na sacola que levara e o tomou nos braços. O garoto respirava e, imediatamente, abriu os olhos.

– O que aconteceu, Bátor? Como você me salvou?

Ainda assustada, a menina aproximou-se e olhou para o Objeto de Poder no fundo da água. Ele deixou de emitir luz, mas manteve-se no mesmo lugar.

– Não fomos nós que o salvamos, Isaac – respondeu a menina.

Isaac ficou de pé, quando Bátor o soltou de seu colo. O garoto observou o buraco aberto na parede, sentiu o cheiro de carne queimada e seus olhos encontraram o que restara do cadáver do espião carbonizado, sempre mantendo uma expressão cheia de incredulidade e confusão.

Calado, abaixou-se e recolheu no bolso de sua vestimenta os dados e a moeda de ouro.

– Como eu fiz isso? – perguntou, cheio de temor.

– Você se transformou em um dragão.

OS DADOS DE EUCLIDES

Isaac ainda tentava trazer à memória as últimas imagens das quais ele se recordava antes de ficar inconsciente sob a água. Não conseguia acreditar que se transformara em um dragão.

Bátor estava certo. A história sobre Moudrost e os Objetos de Poder também. Os dados não podiam ser arrancados à força de seu possuidor. Ninguém conseguiria roubá-los de Isaac. A maldição que acompanhava tal despojo era avassaladora e mortal.

Os três viajantes retornaram sobre a galeria e pegaram o canal principal, na bifurcação em que o garoto escorregara antes de ficar preso, o corredor à direita.

No céu, o sol sinalizava o meio-dia e todos estavam com fome, mas nem por isso deixavam de avançar. Calados. Pensativos. Submersos nos mais loucos pensamentos sobre a aventura que viviam.

Eles percorriam o trecho do aqueduto que atravessava a Floresta das Figueiras. Estavam há pelo menos dez metros de altura do solo e aproveitavam os poucos lanternins existentes no trajeto para respirar ar puro.

Numerosas árvores de altura média ladeavam o escoadouro como se fossem um grande e verde muro que o protegesse. Era impossível ver qualquer coisa além. O grasnar das aves e o zunido dos insetos sob as folhagens próximas formavam um melodioso e agradável som.

Isaac, Bátor e Gail aproveitavam aquela canção natural como desculpa para não abrirem a boca. Processavam tudo o que tinha acontecido na galeria do aqueduto. Em silêncio, prosseguiam, mas o ritmo da marcha ia diminuindo.

Agora, Isaac vestia sua segunda muda de roupa – a que trouxera dentro de sua bolsa. Ela não estava menos molhada do que a primeira estivera durante todo o percurso pelos dutos; no entanto, aquilo era o que menos importava. Precisavam chegar a Verlem.

Pelo menos meia hora se passou sem que ninguém falasse nada. Até que, avistando um local propício para descanso, Bátor anunciou que iriam parar para comer.

Deixaram o respiradouro e treparam no tronco grosso de uma bela figueira, que deveria ter pelo menos vinte metros de altura. Seus frutos apresentavam-se carnudos e suculentos e seus galhos estavam cheios deles.

Gail não perdeu tempo e agarrou um figo, levando-o à boca. Isaac imitou a atitude da companheira, não se importando que aquilo fosse a única coisa que tivessem para almoçar.

– São excelentes energéticos – disse Bátor, também catando um enorme.

Ninguém ousou comentar. Mesmo assim ele insistiu:

– As figueiras podem chegar a mil anos de idade.

Os figos estavam maduros. A polpa doce e macia escorria pelos lábios de Isaac e Gail, que não demonstravam interesse na conversa com o cavaleiro.

– Não abusem dos frutos. Esta floresta pertence a uma terrível feiticeira.

Isaac ouviu aquela declaração, mas a recebeu como um murro no estômago. O garoto retirou o figo da boca e olhou assustado para o emaranhado de árvores adiante.

Gail começou a rir.

– Não existem mais feiticeiras em Enigma – explicou a menina.

Isaac olhou de banda para o chefe da guarda real. Não gostava quando ele agia daquela maneira, tentando interagir à custa de um senso de humor zombeteiro.

– De qualquer forma, não gostaria de estar por essas bandas quando a noite chegar.

– Podemos nos abrigar no aqueduto – sugeriu o garoto.

– Para morrermos congelados pela temperatura da água banhando nossos corpos durante a noite? Você está brincando, não é?

Isaac deu de ombros, ignorando a pergunta de Gail.

– Acredito que podemos chegar a Verlem antes da meia-noite. O aqueduto segue em linha reta. O caminho é mais curto do que se tivéssemos ido pela estrada a cavalo, contornando a floresta – explicou Bátor.

– A viagem a cavalo seria menos cansativa e poderíamos descansar em uma taverna ao longo do percurso – retaliou o garoto, colhendo outro figo para comer.

– Não estamos a cavalo, Isaac.

– E obviamente passaremos a noite na floresta. Ou no aqueduto.

– Se quisermos fazer essa jornada valer a pena, precisamos parar de reclamar.

Isaac compreendeu que a mensagem era para ele. Então, voltou a abrir a boca apenas para se alimentar.

Comeram até sentirem-se saciados. Não gastaram mais que vinte minutos, mas o desejo que tinham era o de poder tirar uma soneca por mais uma hora. O confronto com os espiões de Ignor havia consumido grande parte do ânimo e da energia de que precisavam para percorrer toda a trilha até Verlem.

No fundo, Isaac estava cético. Não acreditava que estivesse vivendo tudo aquilo. Sua vida transformara-se, literalmente, da noite para o dia. Nada parecia mais como antes: pacato, tranquilo e seguro.

– Vamos, Isaac. Chegou a hora de você nos contar como encontrou os Dados de Euclides – disse Gail, curiosa.

Bátor meneou a cabeça.

Eles já haviam vivenciado muitas aventuras para um só dia. Não se conheciam há muito tempo, contudo, uma amizade desabrochava daquela união. Mesmo Isaac insistindo em manter a carranca.

O menino acomodou-se no tronco da figueira. Olhou contemplativo para Bátor e Gail. Aguardara muito tempo para contar a alguém aquele segredo. Finalmente, sentia segurança para compartilhá-lo.

– Com cinco anos de idade, eu aprendi os cálculos básicos da matemática; e, aos nove, quando o professor Montgomery percebeu meu profundo interesse pelos números, ele me concedeu acesso irrestrito a uma parte do acervo da biblioteca liberado apenas para os doutores e mestres no assunto. Logo, eu me considerei um discípulo de Euclides, o maior matemático que já existiu em Enigma, morto há mais de quinhentos anos. Seus livros me fascinavam. Debruçava-me sobre seus estudos, sobre suas descobertas e sobre as hipóteses que ele também formulou. Ele havia nascido em Finn, algo do qual eu poderia me orgulhar. Euclides foi um dos primeiros professores de matemática da universidade de Melon. Possuía um ábaco de madeira envernizada para fazer seus cálculos. Ele o levava onde quer que fosse. O ábaco, sua calculadora retangular com moldura de madeira e suas seis hastes metálicas representando as posições digitais, era sua marca registrada.

"Ele vivia fazendo contas com ele. Mesmo os que nunca o tivessem visto, facilmente o reconheceriam por causa do objeto que sempre carregava. Professor Montgomery dizia que eu tinha habilidades matemáticas extraordinárias, semelhantes às de Euclides e que deveria desenvolvê-las. Ele fez tal comentário quando me ouviu falar que um problema matemático me fascinava e me divertia mais do que um jogo de bola com os colegas de sala. Foi aí que me emprestou um livro brilhante, raro e precioso. Era uma cópia fiel do diário de Euclides. Como anexo ao diário, os copistas inseriram as últimas cartas que aquele estudioso havia escrito para seu primo, Gauss de Avana. Idênticas às originais que estão no museu da universidade, em Melon. A menor delas dizia:

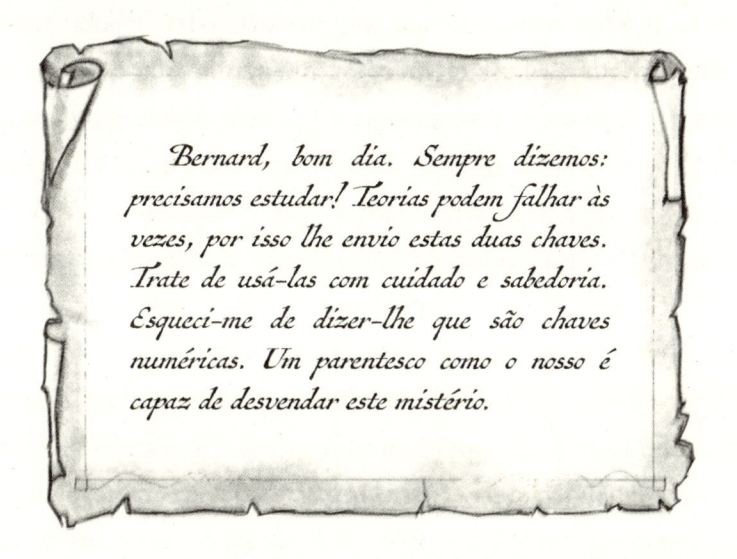

> *Bernard, bom dia. Sempre dizemos: precisamos estudar! Teorias podem falhar às vezes, por isso lhe envio estas duas chaves. Trate de usá-las com cuidado e sabedoria. Esqueci-me de dizer-lhe que são chaves numéricas. Um parentesco como o nosso é capaz de desvendar este mistério.*

"No verso da carta, estavam as chaves das quais a mensagem falava. Anotações aparentemente bobas e também sem sentido, vindas de um matemático tão ilustre:

Chave (1)
$$A = \{1 \text{ a } 26\}$$
$$B, C, D \text{ e } A$$

Chave (2)
$$B = \{4, 1, 4, 15, 19\}$$
$$C = \{14, 15\}$$
$$D = \{1, 2, 1, 3, 15\}$$

Por um longo tempo, aquele texto me fascinou e causou admiração. Havia algo de estranho naquelas palavras e de misterioso nos conjuntos numéricos apresentados. Ainda mais curioso era o fato de que a carta não havia sido enviada a Gauss. Fora encontrada junto com o manuscrito de um livro de álgebra que Euclides escrevia antes de falecer, guardado na estante junto com seu ábaco. Dias se passaram até que, com incansável dedicação à procura de sentido, ao reescrever o texto da carta de Euclides, separando as pausas do diálogo em parágrafos eu me dei conta do que se tratava. Gauss e Euclides eram primos, aquele era o parentesco que começava a desvendar o mistério deixado pelo matemático. Ele estava falando a respeito de seus estudos sobre os números primos, o maior mistério da matemática. O mais curioso foi comprovar que, ao escrever a carta, em cada oração, Euclides utilizara um número de vogais referentes aos primeiros números primos existentes. Ele estava apontando sua descoberta para a posteridade: os números primos, aqueles números que são divisíveis somente por um e por eles mesmos.

BERNARD, (2)

BOM DIA. (3)

SEMPRE DIZEMOS: (5)

PRECISAMOS ESTUDAR! (7)

TEORIAS PODEM FALHAR ÀS VEZES, (11)

POR ISSO LHE ENVIO ESTAS DUAS CHAVES. (13)

TRATE DE USÁ-LAS COM CUIDADO E SABEDORIA. (17)

ESQUECI-ME DE DIZER-LHE QUE SÃO CHAVES NUMÉRICAS. (19)

UM PARENTESCO COMO O NOSSO É CAPAZ DE DESVENDAR ESTE MISTÉRIO. (23)

Nenhum estudioso jamais conseguiu descobrir um padrão para explicar como os números primos surgiam nas sequências matemáticas. Então,

tive certeza de que isso era o que Euclides procurava: uma maneira, uma fórmula talvez, de explicar o surgimento dos primos. E, provavelmente, ele descobriu o que queria: encontrar ordem no caos do aparecimento de tais números. Previsibilidade. O poder oculto nos dados que possuo. Em certa passagem de seu diário, lia-se 'a forma como os números primos surgem ao acaso assemelha-se a um lançamento de dados...'. Seria ingenuidade uma pessoa tentar contar todos os números primos existentes, mas Euclides descobriu algo útil, fazendo uso da probabilidade."

Isaac sabia que não poderia se aprofundar nas questões matemáticas com Bátor e Gail, por mais inteligentes que eles fossem. Então, contou tudo de forma bastante simples e didática.

– De 1 até 100, foram encontrados 25 números primos. Portanto, existe uma chance em quatro deles aparecerem nessa sequência numérica. Uma probabilidade que poderia ser conseguida rolando um dado de quatro lados, que ele chamou de D4. Mas se considerarmos os números de 1 a 1.000, há apenas uma chance em seis de os números primos surgirem. Um dado de seis lados, D6, então, pode nos fornecer o número para essa probabilidade. Tenho que confessar que passei a acreditar que Euclides, de fato, descobrira uma regularidade no surgimento desses misteriosos números. Foi o que me fez prosseguir em minha busca. Com um dado de oito lados, D8, ele seria capaz de contar os números primos até 10.000. E, com D12, até 1.000.000, por exemplo. Mas a morte do matemático foi tão misteriosa quanto a descoberta que fizera. Dizem que cometeu suicídio após ir para a capital apresentar sua teoria, que denominou de Hipótese Zeta.

"Uma função matemática capaz de calcular a probabilidade de eventos acontecerem. Não tenho dúvidas de que se tratava da magia encontrada nos dados. Uma fórmula, ou um conjunto delas, capaz de prever com precisão a ocorrência de eventos futuros. Na conferência, ele discursou sobre o uso dos dados. Então, todos passaram a chamar tais objetos de Dados de

Euclides. Dizem que ele ficou insatisfeito com a reação de grande parte do público presente. Foi acusado de charlatanice. Com isso, tratou de provar suas convicções e descoberta sobre a capacidade de previsão do futuro por meio da matemática. E, antes de se apresentar, no segundo encontro, ele tirou sua própria vida. Mas não acredito ter sido isto verdade.

"Ele havia passado anos debruçado sobre a resolução do mistério dos números primos. Mesmo tendo recebido escárnio durante sua primeira apresentação sobre o tema, por tudo o que li e aprendi sobre Euclides, ele jamais teria coragem de cometer suicídio. Então, seu corpo foi enterrado no Cemitério da Colina de Finn, em um majestoso túmulo negro de mármore com seu ábaco instalado em uma caixa de vidro, logo acima da placa com a data de seu nascimento e morte. Tudo da maneira como ele havia planejado e deixado registrado em um documento em posse de sua governanta."

Isaac fez uma pausa e observou que seus companheiros eram todo ouvidos.

– Eu não tinha mais dúvidas de que, se os dados realmente existissem, aquelas anotações junto com a carta para Gauss, que Euclides chamava de chaves, eram o caminho para se chegar até o Objeto de Poder. Eu já sabia que o segredo tinha a ver com a previsibilidade dos primos. No entanto, aqueles números registrados na carta recusavam-se a me revelar a verdade em sua totalidade. Os anos se passavam e o enigma persistia em minha cabeça. Preciso dizer que eu não me importava muito com outras matérias na escola. A matemática para mim sempre foi considerada soberana sobre todas as outras ciências. Com o que mais eu deveria me preocupar? Então, um dia, eu estava na biblioteca da escola e escutei um professor de linguística dizer a alguns alunos que o alfabeto era composto por 26 letras, e não 23. Ele insistiu em repetir o número de letras de nosso alfabeto, que é diferente do alfabeto de outras raças de Enigma. Aquilo bateu em minha mente como uma forte pancada na cabeça. A primeira chave fornecida por Euclides em sua carta para Gauss apresentava um conjunto com 26 números. Um conjunto que continha os outros três especificados na segunda chave. Como me senti um verdadeiro tolo! Euclides utilizara os símbolos da linguagem escrita para codificar sua mensagem secreta.

Os 26 números eram, na verdade, as 26 letras de nosso alfabeto. Só após esse entendimento, consegui desvendar o mistério. De fato, ele havia descoberto o segredo dos números primos. E o colocara nos dados. Quando transformados nas letras correspondentes do alfabeto, os números da segunda chave formaram uma mensagem clara e objetiva "DADOS NO ÁBACO". Não preciso dizer que encontrei os dados escondidos no ábaco do professor. Eu precisava me certificar, então, fiz uma incursão noturna ao cemitério. Arranquei o vidro da redoma que protegia a calculadora preservada do matemático e soltei a base do objeto, que cedeu não com muita facilidade. Escondidos debaixo de cada uma das hastes do ábaco, encontrava-se um dos dados e mais a moeda. Deixei todas as coisas como eu havia encontrado, para que ninguém suspeitasse."

Bátor e Gail estavam impressionados com o que acabaram de escutar. Era uma linda história de um garoto fascinado por matemática, que não desistiu de desvendar um mistério.

NA ESTAÇÃO DE TRATAMENTO

Tão logo retornaram para dentro do canal, perceberam que a altura do túnel começava a ficar menor conforme caminhavam. Quanto mais avançavam naquela tremenda jornada, percebiam que uma história brilhante e fantástica estava sendo vivida. Embora com terror e em fuga, sabiam que significava um momento único para o Reino de Enigma.

Até mesmo Isaac estava fascinado com a história que acabara de ouvir de sua própria boca. Todos sentiram o poder de sua narrativa. E agora caminhavam convictos de que precisavam mais do que nunca encontrar o Cubo de Random, o segundo Objeto de Poder dado por Moudrost aos homens.

Não haviam percorrido mais que um quilômetro desde a parada para o almoço, quando foram obrigados a sair por um lanternim. O aqueduto continuava coberto, mas não caberia mais que uma pessoa deitada, arrastando-se para percorrê-lo.

Seguiram pelo vão lateral externo, próximo aos galhos das árvores. Corriam o risco de despencar da estrutura, por isso, não poderiam sequer correr. Então, a jornada prosseguiu a passos lentos.

– Nesse ritmo, levaremos no mínimo três dias para chegar a Verlem.

– Obrigada pelas palavras de encorajamento e incentivo, Isaac.

Bátor ouviu a resposta irônica de Gail e preferiu não se intrometer. Ambos estavam certos. Conforme Isaac dissera, àquela velocidade, levariam muito tempo para chegar a Verlem. Contudo, o tom pessimista que imprimira em suas palavras e seu mau humor sempre presente tornavam as coisas mais fastidiosas e menos animadoras.

Mesmo contra todas as esperanças, Gail escolhia sempre acreditar na possibilidade de ocorrência de um milagre. Estavam a pouco mais da metade do dia, e tantas coisas inesperadas e ruins já haviam acontecido. "Coisas boas também acontecem na mesma proporção", pensava ela. Era nesse tipo de pensamento em que a garota costumava se focar, portanto, não perdia a confiança nem a expectativa favorável em relação à viagem.

De repente, a muralha de vegetação formada pela floresta foi ficando escassa. Bátor foi o primeiro a perceber que chegavam à beira de uma íngreme encosta da montanha que descia, seguindo o curso de água.

Abruptamente, o aqueduto inclinava-se para baixo e seguia em linha reta um percurso de quase um quilômetro. A inclinação impedia que eles pudessem prosseguir em pé do lado de fora do aqueduto. Certamente tombariam. A única opção viável era escorregar deitados dentro do pequeno canal.

Erguendo os olhos para o além, bem distante da magnífica floresta, era possível enxergar o fim da cadeia de montanhas.

– Verlem fica atrás daqueles montes. Quase podemos vê-la – anunciou o cavaleiro, rindo.

– Que animador, Bátor! – ironizou Isaac.

– Como é linda essa visão – disse Gail, ignorando as insinuações de Isaac e encantada com a notável paisagem verde do vale logo a sua frente.

Se não fosse pela necessidade de chegarem a Verlem, pai e filha poderiam passar horas naquele ponto do aqueduto vislumbrando a cena que se descortinava diante deles. Um quadro natural, protagonizando um magnífico mirante.

O dia estava quente e iluminado. Os raios de sol dardejavam feixes multicoloridos na atmosfera da região onde o aqueduto desaparecia logo abaixo, oculto pela vegetação. Mas, adiante, ele ressurgia rasgando o vale como um pequeno rio. O delicioso aspecto benigno daquele momento era quase capaz de afastar de suas mentes todo temor e angústia pelos quais haviam passado pela manhã.

Isaac rendeu-se ao encanto manifestado por Gail. Aquela visão era violentamente surreal. Não havia como negar sua pomposa graciosidade. A única coisa que conseguiram fazer por alguns minutos foi contemplá-la.

– Precisamos nos apressar. Vamos descer deitados dentro do canal.

– Você ficou louco, Bátor – protestou o garoto. – O declive é muito acentuado. Não sabemos o que nos espera lá embaixo. Podemos nos esborrachar em alguma parede de pedra.

Gail gargalhou.

– Do que você está rindo? Você é tão louca quanto seu pai. Não percebe?

– Pense um pouco, Isaac. Use a lógica tão bem quanto você usa seus conhecimentos com os números – aconselhou a menina, ainda galhofando.

– Se houvesse qualquer impedimento no canal, o abastecimento de água na capital e demais locais para onde ela é direcionada ficaria prejudicado – explicou o chefe da guarda real.

– Pode ter havido um desabamento na noite de ontem, que ainda não refletiu nos pontos de abastecimento do aqueduto.

– Pare com isso, Isaac Samus. Deixe de ser pessimista.

– Essa é nossa melhor opção, garoto – interveio Bátor antes que a discussão sobre seguir adiante começasse a se tornar uma questão pessoal entre Isaac e Gail. – É provável que haja um encontro das águas do Aqueduto de Melon com o Aqueduto das Águas Altas. Veja que o terreno por onde o canal segue se torna menos acidentado, entre as duas cadeias de montanhas – apontou.

– Vamos consultar os dados – sugeriu Isaac, em desespero.

Bátor e Gail encararam-no com olhar de reprovação.

– Um Objeto de Poder é um instrumento maravilhoso, Isaac, mas não queira passar toda sua vida dependente dele. A partir do momento em que você começar a consultar as mínimas decisões a serem tomadas, seu livre-arbítrio lhe será roubado. E ser livre para decidir e fazer escolhas é a maior dádiva que Moudrost poderia ter dado a qualquer de suas criaturas. Uma das coisas que torna a vida fantástica para se viver é a expectativa que temos sobre os resultados das decisões que podemos tomar.

Isaac pareceu atormentado com as palavras de Bátor. Ele começara a perceber o tanto que a posse dos dados estava arrancando aos poucos sua independência e desejo de escolha, tornando-o sujeito a eles. O grandalhão estava certo sobre o que dissera. Não tinham outra opção. Ou, pelo menos, nenhuma outra melhor do que aquela em vista.

– Vamos descer por dentro do aqueduto – decidiu o garoto, lacônico, tentando demonstrar certa medida de coragem como se dissesse "certamente posso tomar minhas próprias decisões sem tais objetos".

Gail foi a primeira a se assentar no canal e jogar seu corpo em direção à rampa. Em seguida, Isaac a imitou. E, por fim, Bátor.

A correnteza não se assemelhava nem de perto à de um rio caudaloso, mas era suficiente para fazê-los escorregar sem qualquer esforço. A água estava temperada pela incidência contínua dos raios de sol durante toda a manhã sobre o duto, fazendo com que aquela aventura ficasse bastante agradável.

Poucos metros abaixo no canal, Isaac já conseguia desfrutar o prazer da descida, leve e agradável. Aquela sensação contrariava as expectativas e suposições que havia feito minutos antes. Ele poderia viajar daquela maneira, escorregando até Verlem, que não se queixaria.

Os três companheiros eram levados pelo peso do próprio corpo, deslizando com profundo regozijo pelo canal. O bafejo da corrente de ar refrescava suas faces juntamente com o chicotear das gotas de água que cintilavam em profusão.

Isaac pensou por um momento em tudo o que estava passando. Mesmo com todo risco e perigo envolvidos, veio-lhe a sutil sensação de que no final valeria a pena. Teria que valer.

O que os Dados lhe diriam a esse respeito? Conseguiriam recuperar o Cubo de Random e retornar com vida para a capital? Na primeira oportunidade que tivesse, os rolaria para saber. Contra qualquer argumento alheio, aquela era uma pergunta para a qual a resposta se fazia necessária.

Após quase um quilômetro de descida com leve inclinação, Isaac, Bátor e Gail mergulharam através do duto em uma enorme galeria de teto elevado.

A suntuosidade e a amplidão do ambiente revelavam sua importância e função. Eles chegavam a uma velha estação de tratamento, a meio caminho de Verlem.

Escadarias de pedra, incrivelmente construídas, interligavam os dois lados da edificação, nos quais desembocavam os aquedutos. Bátor estava certo, aquele era um local de encontro das águas. O Aqueduto de Persley juntava-se às Águas Altas.

No centro, a enorme piscina onde os aventureiros haviam caído vertia a água para outros três reservatórios em níveis levemente mais baixos, diminuindo a velocidade da correnteza e formando um espantoso espelho d'água em cascata. As quatro piscinas serviam para decantar partículas sólidas presentes na água que seria fornecida às cidades nas planícies.

Um arco-íris estendia-se para fora da claraboia no centro do teto elevado e a luz do sol era filtrada pelas colunas que sustentavam a abóbada da estação ao redor dos tanques.

Isaac foi o primeiro a emergir e perceber que a piscina não era funda, com suas águas cristalinas e cheias de ondas. Nadou até a borda sul e subiu na passarela de pedra que terminava em uma grande abertura emoldurada por cipós e trepadeiras. Estava à beira de um penhasco preenchido de vegetação fechada. Era outro cenário deslumbrante e pacífico.

– Foi formidável! – gritou Gail ao sair do tanque onde caíra.

O companheiro abriu-lhe um sorriso sincero e retornou para perto dela.

– Temos que continuar descendo – orientou Bátor.

Eles caminharam pelo passadiço, descendo os degraus entre os tanques de decantação. Avistaram uma enorme roda d'água fora de funcionamento e outras duas escadarias que seguiam em direções opostas a partir dela. Cada uma terminava em um portal, arqueado em nível abaixo daquele onde ficavam, abrindo-se para edificações de abrigo.

Não tiveram dúvidas de que os serviços na estação tinham sido abandonados havia tempo. Mas a solidão e a melancolia transmitidas por aquelas ruínas as deixavam mais belas, significativas e arrogantemente sombrias.

Embora exalasse vigor lúgubre e pérfido, a escuridão dos portais no final das escadas atraía Isaac. O garoto pôs-se a descer os largos degraus do lado norte, admirando as tranças de galhos e caules lenhosos que mergulhavam pelas aberturas entre as colunas, oriundos das florestas ao redor.

– Magnífico!

Gail o seguiu, feliz por perceber que o companheiro tirara a carranca. Ele estava finalmente menos mal-humorado e pessimista. Talvez tivesse compreendido que ficar bravo e demonstrar antipatia não encurtaria o trajeto.

No entanto, a fisionomia alegre e divertida de Isaac não durou muito.

Olhos gigantescos abriram-se dentro da escuridão do abrigo no final da escada por onde passeavam. Um, dois, três, quatro pares de olhos chispantes.

A menina percebeu com pequeno atraso que não estavam sozinhos na estação de tratamento. Ficou imóvel como Isaac, assistindo àqueles olhos aproximarem-se, tornando-se cada vez maiores.

Bátor investigava a roda d'água no outro lado do salão e não percebera a presença estranha que os acompanhava.

Os vultos saíram das sombras e mostraram seus rostos enrugados e medonhos. Aos olhos de Isaac, eram quatro seres bizarros. Não tinham mais que sua altura, mas aparentavam ser muito mais velhos. Seus cabelos longos, presos em tranças bem costuradas, não melhoravam em nada toda a feiura que possuíam.

Em um piscar de olhos, asas gigantescas explodiram para os lados nas costas de cada um deles. E um sorriso grotesco e horroroso brotou em seus lábios.

Aterrorizados, Isaac e Gail pensaram que aquele seria seu fim.

O ENCONTRO

A atmosfera encheu-se de perplexidade quando um dos seres atarracados e pequenos saltou num voo altaneiro e pousou atrás dos meninos. O som da batida de suas asas dominou os ares e chamou a atenção de Bátor, que estava logo acima.

O chefe da guarda desceu apressado a escadaria de pedra e compreendeu estupefato o que acontecia. Indefesos e amedrontados na mesma proporção que fascinados, Isaac e Gail estavam cercados por quatro anões alados.

Felizmente, uma doce saudação irrompeu em eco pelo salão oval e transformou o temor em esperança.

– Perilato, Olhos de Águia, meu bom amigo! Que prazer encontrá-lo!

Bátor conhecia o líder daquele grupo de seres voadores. Uma gargalhada acompanhou o cumprimento. O anão que havia se separado dos demais, após o majestoso salto, abriu o sorriso que mantinha nos lábios ao reconhecer o cavaleiro que lhe falara.

– Vicente Bátor, chefe da guarda real! Que mundo pequeno é Enigma!

Curioso, porém animado, Perilato estendeu a mão ao amigo que se aproximava e o abraçou. Suas asas foram recolhidas. Elas se ajeitavam de tal maneira às costas do anão que se tornava quase impossível detectá-las. Os outros companheiros de Perilato fizeram o mesmo com seus apêndices de voo.

– Deixe-me apresentar meus irmãos – disse voltando-se para os três anões no final da escada. – Bernie, o Reptiliano, Leônidas, o Asas Intrépidas e Antíquades, o Lombo Taurino.

Os pequenos e atarracados homens acenaram para Bátor a distância e estenderam as mãos, cumprimentando Isaac e Gail, que também disseram seus nomes.

Um suspiro de alívio saiu dos pulmões do garoto, enquanto sentia o forte aperto de mão daqueles homenzinhos assustadores. Afinal, não precisariam fugir outra vez do perigo. Embora parecessem, eles não significavam uma ameaça.

– O que vocês fazem aqui? – perguntou Perilato, sentindo-se totalmente à vontade.

Bátor olhou para Bernie, Leônidas e Antíquades. Sabia o quão unidos eram os anões alados. De nada adiantaria conversar reservadamente com Perilato. No final, suas palavras seriam conhecidas por todo o grupo liderado por seu amigo.

– Estou em uma missão – ponderou cuidadoso. – A rainha Owl me incumbiu de levar Isaac até a capital. Antes, porém, precisamos passar pela cidade de Verlem.

– E vocês escolheram o Aqueduto de Melon para chegar à cidade?

– Fomos perseguidos por espiões das terras de Ignor e obrigados a seguir por este caminho.

Perilato franziu a testa. Com seus duzentos e oitenta e cinco anos de idade e muita sabedoria, o anão convidou todos para se assentarem à mesa de pedra situada na varanda diagonal do andar onde se encontravam na estação de tratamento. Ele era capaz de imaginar o tormento e o cansaço que haviam tido sendo perseguidos pelos inimigos do Reino de Enigma.

– Vocês devem estar famintos. Antíquades, pegue nossos mantimentos de viagem. Vamos compartilhar com nossos amigos.

A boca de Isaac começou a salivar ao ouvir aquela ordem dada ao anão loiro de olhos azuis, que aparentava ser o mais jovem entre eles. O garoto também abriu os lábios em um largo sorriso, enquanto seus olhos brilhavam ao pensar que mataria a fome.

Frutas e um enorme pedaço de pão foram sacados da bolsa que o anão carregava nas costas. O cheiro da massa recheada com goiabada e coberta com canela inundou o ar e trouxe ânimo à reunião.

– Temos, ainda, pasta de amendoim e cascas de pastéis fritos. Leônidas não viaja sem elas – informou Bernie apontando para o irmão.

Bátor encheu uma casca frita com pasta de amendoim a mordiscou.

– Então, essa é sua filha? – perguntou Perilato, abraçando de lado a menina.

Bátor assentiu orgulhoso.

– O seu pai sempre me falou muito bem de você, mocinha. Somos amigos há mais de quinze anos, quando juntos trabalhamos protegendo a fronteira oeste de Enigma de uma invasão fracassada que o exército de Ignor realizou.

Gail ficou com a face corada. Também sentia orgulho de seu pai.

– No palácio, eu sempre escutei falar dos anões alados e também já os vi de longe. Mas não sabia que meu pai era amigo de um de vocês – respondeu a garota.

– Nossa raça também está sob o governo da rainha Owl, mas preferimos nos manter afastados das aldeias e cidades dos Grandes. Quero dizer, das pessoas grandes como vocês, dos homens.

– A verdade, Gail, é que eles não se misturam. Os anões alados se sentem superiores a nós – brincou Bátor.

– Isso não é verdade. Apenas temos nossos costumes e gostamos de preservá-los – riu Perilato, voltando-se, em seguida, para Isaac. – E você, mocinho? Quão importante você é para necessitar da escolta de um dos melhores cavaleiros da rainha?

Isaac parou de mastigar o delicioso pedaço de pão com cobertura de canela. Não sabia o que dizer.

"Bátor confia mesmo nesses seres anormais?" – pensou o garoto, guardando para si o preconceito. Já ouvira falar da existência daquela raça de anões. Entretanto, diferentemente de Gail, jamais os vira antes daquele encontro. "Pelo menos eles nos deram alimento".

– Isaac possui algo que é de interesse da rainha. Por isso, ela deseja vê-lo – explicou sucintamente o cavaleiro.

Perilato arqueou uma das sobrancelhas, em sinal de desconfiança. Rumores de que os Dados de Euclides tivessem sido encontrados corriam por todo o reino, ainda que a maioria das pessoas os considerasse apenas lenda. Bátor compreendeu a expressão facial do amigo. Não era necessário muitas palavras para que se entendessem. Perilato soube, naquele momento, tratar-se do Objeto de Poder.

– Agora fale-nos um pouco sobre vocês. Como está seu pai, Perseu, Mergulho Veloz? E o que fazem vocês por aqui?

Perilato gargalhou como um bom anão e bateu nas costas do amigo.

– Meu pai é incorrigível. Aquele velho ainda pensa que tem seus trezentos anos de idade e asas fortes como as de uma criança. Digo, nossas crianças, é claro – rindo, ainda mais profundamente, da explicação dada. – Ele viaja todos os anos para o litoral apenas para gastar alguns dias sobrevoando, ao sol, as águas do mar Morto. Ele se esqueceu de crescer.

– Ele ainda acredita que encontrará o pergaminho? – perguntou Bátor interessado.

– Sim, ele acredita. E essa ideia acaba explicando o que nos traz a esta estação.

Naquele momento, Gail e Isaac se distraíam com Antíquades e Leônidas à mesa. Bernie voara até o pórtico sul da estação e observava a selva abaixo. Parecia estar guardando o lugar contra possíveis intrusos.

Perilato caminhou até a cascata formada após o último tanque de tratamento, encheu seu cantil e bebeu satisfeito um gole da água. Bátor o seguia.

– Ambos sabemos das lendas envolvendo os Objetos de Poder. Você sabe do que estou falando. Meu pai passou a vida toda acreditando que seria capaz de encontrar o Pergaminho do mar Morto; por isso, ele viajava toda aquela distância para alcançar anualmente o oceano. Achá-lo sempre foi um forte desejo dele.

– O pergaminho foi criado pelo seu povo. Um desejo mais do que justo, vindo do velho Perseu.

– Então, vieram os rumores. E também as visões. Você sabe muito bem o que os anões alados são capazes de fazer, ler os sinais nos céus e na terra. A lua nunca esteve tão próxima do sol e alinhada com a estrela de Nevets.

Perilato aproximou-se de Bátor e cochichou com ele, como se temesse que as paredes daquele lugar também tivessem ouvidos.

– Um garoto da nossa raça acredita ter encontrado evidências da real localização do pergaminho. Eu e minha equipe viemos até aqui atrás de uma peça da velha roda d'água necessária para que o menino termine seu trabalho.

Em seguida, discretamente, o anão alado abriu a bolsa que trazia presa ao redor do corpo e mostrou uma pequena engrenagem para o cavaleiro.

– Caso esse rapaz esteja correto, você sabe o que isso significa, não é meu amigo?

Bátor assentiu com a cabeça e olhou para Isaac e Gail. Ambos contavam histórias e riam junto com os anões a certa distância.

– Tenho fortes razões para crer que o Objeto de Poder desenvolvido por sua raça, há mais de quinhentos anos, é verdadeiro e que vocês estão muito próximos de encontrá-lo.

– Você está dizendo isso baseado na presença de espiões de Ignor nas terras de Enigma?

– Também.

Bátor respirou e soltou a verdade:

– Os Dados de Euclides estão nos bolsos da calça de Isaac.

Perilato voltou-se para observar o menino.

– E Gail acredita ter encontrado pistas sólidas que estão nos conduzindo ao Cubo de Random.

– Como posso ajudá-lo, meu amigo? – perguntou o anão com olhos ardentes e esperançosos.

A verdade é que não havia segredos entre Bátor e Perilato. Bastavam poucas palavras para que eles conseguissem se comunicar. Haviam passado muitos anos juntos, trabalhando no exército real. Possuíam muitas palavras e códigos que resumiam tudo o que necessitavam transmitir um ao outro. Já haviam passado por episódios, na guerra contra Ignor, que faziam ser gratos um com o outro. O suficiente para possuírem uma dívida de vida.

Os dois líderes aproximaram-se da mesa onde o improvisado banquete se realizara. Bátor pronunciou-se:

– O tempo está passando e precisamos seguir em nossa missão.

O sorriso de Isaac e Gail toldou-se. Pensar na longa caminhada que os aguardava era tedioso e desanimador. Bernie juntou-se ao grupo para ouvir Perilato.

– Eu e Antíquades retornaremos para a aldeia com a engrenagem que viemos buscar, vocês levarão as crianças até Verlem.

A ordem dada não foi compreendida de imediato por Isaac. Somente após o questionamento de Gail, o garoto percebeu do que se tratava.

– E meu pai? Por que ele não virá conosco?

– Porque não seríamos fortes o suficiente para carregá-lo, Gail – explicou Perilato.

– Do que vocês estão falando? – intrometeu-se Isaac – O que significa tudo isso?

– Bernie e Leônidas levarão vocês até Verlem. Eu seguirei pelo aqueduto e os encontrarei, provavelmente, amanhã à tarde. Perilato e Antíquades devem voltar para o povo deles, pois também cumprem uma missão – disse Bátor.

O espanto outra vez tomou conta da face de Isaac Samus.

– Eu não vou montar em uma aberr...

O garoto quase deixou escapulir da boca a palavra aberração.

No trajeto daquela jornada, fora um alívio para Isaac encontrar-se com os anões alados, saber que eles não significavam ameaça, mas daí tratá-los como se fossem Homens Grandes, humanos, de sua raça, não era sua obrigação, pensava o ingrato menino. Mesmo tendo sido alimentados por eles.

– Quanta falta de respeito, Isaac – advertiu Gail, percebendo a aversão do companheiro ao povo anão. – Eles nos ajudaram com alimentos e agora estão dispostos a nos poupar uma caminhada longa e perigosa até Verlem.

Com exceção de Bernie, que resmungou ao ouvir o insulto de Isaac, os demais seres alados não alteraram seu humor.

– Você não sabe o que eu pretendia dizer – retaliou o menino para a garota.

– Como pode ser tão cínico e fingir tão mal? Há pouco, estava rindo dos casos de como Antíquades aprendeu a voar e agora os trata como se fossem monstros. Que vergonha!

Perilato riu da discussão a que assistia.

– Crianças, não briguem – pediu o líder dos anões. E com uma voz não menos mansa e compreensiva completou: – Isaac, Bátor se sacrificará prosseguindo a pé e sozinho. Você tem essa opção, mas se é capaz de tomar boas decisões, mesmo sendo tão jovem, seria razoável que aceitasse nossa humilde oferta de carregá-los sobre nossas asas até a cidade de Verlem.

A sinceridade e a injustificada modéstia nas palavras de Perilato surpreenderam Isaac. O anão não estava sendo falso e, em tudo, estava coberto de razão, exceto na obrigação de ser educado. Contudo, ele era um líder e seu dever era saber tratar sabiamente tanto insubordinação quanto ingratidão.

Envergonhado, o garoto prontificou-se a montar nas costas de Bernie.

As asas dos anões estenderam-se para os lados e um golpe de ar moveu a vegetação ao redor.

Bernie lançou seu cinto para trás, segurando-o do outro lado do corpo e, prendendo Isaac sobre suas costas, afivelou o cinto. Deu um solavanco, apertando propositalmente o acessório, fazendo com que o menino gemesse de dor. Em seguida, folgou a fivela novamente. Um riso zombeteiro e dissimulado despontou em seu rosto.

Com a mesma técnica, mas sem solavancos e grosseria, Leônidas acomodou Gail sobre suas costas.

Estavam todos preparados para aquela nova fase da aventura!

– Quando chegarem à cidade, os anões os acompanharão até a casa de Adélia. Procurem ser discretos e não chamar a atenção nas ruas de Verlem. Ajam com discrição e sabedoria – disse Bátor à filha. Em seguida, deu um beijo na testa da garota e passou a mão no cabelo de Isaac, confortando-o.

– Cuidem bem deles – orientou Perilato a seus irmãos.

O ruflar de asas ecoou no salão oval da estação abandonada. Bernie e Leônidas saltaram no precipício com Isaac e Gail nas costas.

RANDOM E PENINA

O vento no rosto e uma inigualável sensação de liberdade. Voar era perfeito.

A temperatura do sol mantinha-se amena àquela hora do dia. Nem mesmo o frio na barriga quando os anões subiam e desciam, variando a altitude do voo, era capaz de turvar aquela experiência maravilhosa que Isaac e Gail viviam naquele momento.

No começo, assim que saíram da velha estação e os anões alados deixaram-se cair no precipício adiante, tudo pareceu um terror. Contudo, não demorou muito tempo para que ganhassem estabilidade e mantivessem a direção. Viajar nas costas de Bernie e Leônidas era formidável.

– São apenas sessenta quilômetros. Chegaremos antes do anoitecer – gritou Leônidas para Gail.

A garota olhou para trás e abriu um sorriso para Isaac.

Montado em Bernie, o menino respondeu também com um sorriso, cheio de satisfação. Certamente, estava arrependido da postura que tivera minutos atrás, quando questionara a viagem pelo céu e a amizade com aquelas criaturas.

A aventura estava moldando o caráter de Isaac Samus. Ele poderia ter os Dados de Euclides, mas possuir todo aquele poder não lhe garantiria momentos de tamanha emoção e alegria como os que ele vivia agora. Amigos faziam os momentos valerem a pena, não coisas. Havia, ainda, o aprendizado e o crescimento implícitos, oriundos das amizades que desenvolvia com Gail e Bátor.

A feiura que, inicialmente, Isaac havia percebido em Perilato, Bernie, Leônidas e Antíquades acabaria desaparecendo com o tempo. Era sempre dessa forma que as coisas aconteciam. Quando se passa tempo com pessoas interessantes, que acabam sendo chamadas de amigos, nenhuma beleza fica vinculada à sua aparência.

Por isso, Isaac estava arrependido. Todo o julgamento que fizera a respeito dos anões – desde o primeiro momento do encontro, quando pensou que fossem animais violentos e assassinos – caíra por terra. Então, sentiu que era preciso tomar uma atitude sábia, se quisesse demonstrar que não era mais uma criancinha.

– Preciso me desculpar, Bernie – disse ao pé do ouvido do anão.

– O que foi?

– Eu preciso me desculpar com você – repetiu Isaac, elevando a voz.

– Não estou conseguindo entender o que você está dizendo, Isaac.

– Me perdoe! – gritou o menino.

– Fale mais alto – insistiu Bernie.

– Me perdoe! – Isaac elevou ainda mais a voz, o que chamou a atenção de Gail e Leônidas.

– Fale mais alto!

Então, Isaac percebeu que Bernie havia entendido desde a primeira vez e estava fazendo hora com sua cara. Demonstrando uma postura completamente diferente de todas até aquele instante, o garoto não se sentiu magoado ou ofendido. Elevou a voz, estendeu os braços para o céu e repetiu aos berros, sorrindo:

– Me perdoe, Bernie! Estou pedindo desculpas. Consegue me ouvir? Todos riram muito dos gritos de Isaac.

– Se segurem! – exclamou Bernie, acenando para seu irmão.

Então, os anões alados voaram para o alto com toda a velocidade que o peso das crianças lhes permitia. Com bater das asas acelerado, perfizeram uma longa e acrobática pirueta. Em seguida, desceram planando, em silêncio, porém felizes por não haver mais mal-entendidos entre eles.

O sol desaparecia, escondido pelo cume das montanhas, sendo deixado para trás a oeste. Havia poucas nuvens no céu logo acima deles. Começaram a enxergar ao longe, abaixo, as primeiras edificações de Verlem.

Estavam seguindo o caminho do aqueduto nas alturas, era a menor distância até a cidade. Uma reta. Cada vez mais perto. Mais perto e mais baixo.

– Olhem! – exclamou Isaac apontando para um magnífico terreno murado, cheio de flores e plantas.

– Aquele é o Jardim das Estações – gritou Gail, também fascinada. – Chegamos a Verlem.

O pouso foi tranquilo e elegante. Os anões alados estavam acostumados a carregar bolsas pesadas com seus pertences de viagem, muitas vezes seus próprios bebês, por isso nunca faziam uma aterrissagem turbulenta. A menos, é claro, que estivessem sob ataque de algum inimigo ou predador.

O dia tornou-se escuro rapidamente, mas eles já se encontravam caminhando pelas cercanias de Verlem.

Gail pensou em Bátor. Como ele passaria aquela noite? Ao relento, molhado dentro do canal do Aqueduto de Melon, ou abrigado na copa de alguma árvore? Não demorou muito e desistiu de tentar adivinhar. Ela conhecia as habilidades militares de seu pai. Sozinho, certamente, ele conseguiria se virar com mais facilidade.

Guiados pela garota, chegaram à casa de Adélia. Uma enorme, elegante e graciosa construção de madeira e pedras resguardada por uma cerca viva, a poucos metros de distância da praça central da cidade.

Enquanto puxava a corda da campainha, que se estendia suspensa sobre o corredor do jardim em frente à casa e terminava em um sino sobre a porta principal, Gail percebeu um distanciamento por parte dos anões.

– Para onde vocês estão indo? – indagou a menina.

– Cumprimos nossa missão. Nós vamos observá-los de longe e, assim que entrarem na casa, partiremos para a floresta – explicou Bernie.

Isaac interveio:

– Não podem voar à noite.

Observando o sorriso irônico na face de Bernie, Isaac corrigiu o que pretendia dizer.

– Ou melhor, não acho aconselhável que voem nessa escuridão. Pode ser perigoso.

– Vejo que conhece muito pouco sobre anões alados, garoto. A noite é o melhor momento para se voar no verão, nunca somos notados. Com poucas nuvens no céu e a lua clareando todo o espaço ao redor, temos olhos melhores do que os das corujas… sempre nos confundem com algum tipo de ave noturna. De qualquer maneira, não retornaremos para casa esta noite.

– Estamos cansados. Vocês não são tão leves assim – Leônidas concluiu.

– Então, para onde vão? A casa de tia Adélia é enorme. Fiquem conosco – insistiu Gail.

– Muito obrigado, mocinha, mas anões alados não costumam se hospedar em casas de Homens Grandes. Preferimos as cavernas e florestas – completou Bernie.

– Que estranho! – suspirou Isaac, sem a intenção de ofendê-los. Acabou pensando no fato de que eles realmente formavam um povo selvagem e primitivo, quase animalesco. No entanto, não voltaria a julgar seus modos e costumes.

Quando a porta da casa se abriu, um jovem senhor magro e careca os recebeu. Era Vitorino, o mordomo. Como o combinado, assim que eles adentraram a casa de Adélia, os anões deixaram de espiá-los do escuro e alçaram voo em direção à mata.

Apresentações foram feitas e, com uma amabilidade fora do comum, Adélia permaneceu abraçada a Gail.

– Minha querida, como você está fedendo. Olhe suas roupas. Onde está seu pai? Por que chegaram tão tarde? Eu os estou esperando desde a hora do almoço.

– Aconteceram muitos imprevistos, tia Dê. Tivemos que mudar nossa rota para chegarmos a Verlem. Felizmente, eu e Isaac conseguimos carona, mas meu pai não pôde vir conosco.

– Então, você é tia de Gail? Presumo que seja irmã de Bátor – concluiu Isaac, surpreso.

– Sim. Vicente é meu irmão mais novo. Compreendo sua curiosidade. Eu e ele não temos muito em comum, além do parentesco – riu a doce senhora. – Bátor sempre teve um espírito aventureiro. Na idade de vocês, ele já falava em ser soldado no palácio. Fugia da aula e se enfurnava na floresta caçando aves e lêmures... Ele não gostava muito de estudar, devo admitir. Em contrapartida, é um excelente cavaleiro, com um espírito guerreiro e cheio de coragem.

Gail sentia orgulho sempre que ouvia Adélia falar daquela maneira sobre seu pai. Isaac, por sua vez, ficou impressionado com os detalhes de agilidade, destreza e força com que a tia de Gail descreveu Bátor.

Isaac poderia dominar os números, ser o pai dos cálculos e das equações mais estranhas, no entanto, sabia que não tinha um terço das qualidades esportivas e atléticas do pai de Gail. Então, começou a se convencer de que, mesmo a matemática sendo uma magia tão poderosa, de fato, ela não era a única.

Enquanto Gail tomava um banho, ele permaneceu na confortável sala escutando narrações sobre a adolescência de Bátor. E desejou que pudesse viver, pelo menos, um pouco de todas as aventuras que o irmão de Adélia tinha vivido.

Limpos e com roupas novas, foram para a sala de jantar e tiveram a primeira refeição verdadeira daquele dia.

A casa de Adélia expressava exatamente a mansidão, paz e conforto que sua dona possuía. Aquela senhora tinha olhos claros, abastados cabelos brancos, lábios e nariz finos, era bem magra e não muito alta. Andava com sutileza e devagar. Em nada, realmente, assemelhava-se à tenacidade encontrada nos modos de seu irmão. E também não parecia ser capaz de mentir ou dissimular como Bátor.

– Diga-me, Gail. Por onde vocês pretendem começar a procurar o Cubo de Random?

Percebendo o assombro de Isaac ao ouvir suas palavras, tia Adélia se explicou:

– Eu sei tudo sobre a missão em que Bátor e minha sobrinha estão envolvidos. Sei também sobre você, Isaac. Se está aqui, é porque é verdade. Você possui os Dados de Euclides.

Isaac não disse nada, apenas continuou comendo.

– A maior paixão de Random não foi pela astronomia. E nem mesmo pela matemática – Gail se pronunciou olhando para Isaac. – Random era apaixonado por Penina e todas as suas descobertas científicas eram dedicadas a ela.

Na vida nada se perde, estamos sempre
adicionando experiência, para onde quer
que olhemos. Basta você fazer a soma correta
e os caminhos se abrirão em todas as direções.
E digo mais: o resultado sempre será três
vezes o número cinco.
Então continue somando e somando...

Adélia recitou o trecho famoso de um texto escrito por Penina. Mas Isaac não o conhecia.

– Você não conhece o poema de Penina, não é mesmo, Isaac?

– Nunca tinha ouvido falar dela.

Então, Adélia repetiu um trecho da lírica, olhando perdidamente para o nada como se aqueles versos fossem algum tipo de entorpecente ou mantra. "Estamos sempre adicionando experiência, para onde quer que olhemos. Basta você fazer a soma correta e os caminhos se abrirão em todas as direções."

– Então, você não conhece a história?

O garoto balançou a cabeça negativamente para sua amiga.

– Penina nasceu em Verlem. Estudou na capital do nosso reino, onde conheceu o astrônomo, mas retornou para cá antes que ficassem noivos. Random não resistiu aos encantos da jovem poetisa e pintora. Três meses depois, o professor de lógica, matéria que lecionava na universidade de Corema, pedia transferência para poder trabalhar em nossa cidade.

– Houve suspeitas de que sua mudança da capital para Verlem era na verdade uma fuga – continuou Gail. – Random havia abstraído todo o conhecimento da lógica, tanto da filosofia quanto da matemática e da semântica, e o colocado em um objeto cúbico que ele mesmo criou. Um cubo encantado que despertou a inveja e a cobiça nos primeiros homens para os quais ele o apresentou.

Desde que começara a jantar, aquele foi o primeiro momento em que Isaac deitou seu garfo na beira do prato de comida, para ouvir a história de Penina e Random. Bátor havia deixado claro que estavam atrás de outro Objeto de Poder, antes que pudessem seguir para a capital. Entretanto, os detalhes que acabara de escutar sobre o romance entre o astrônomo e a poetisa tornavam tudo mais interessante.

– Estudando o Tratado da Filosofia do Raciocínio escrito por Random e, obviamente, usando a lógica do raciocínio, descobri que ele havia entregado o cubo a Penina e que, certamente, ela o escondera, antes que seu amado fosse morto.

De repente, Isaac teve a sensação de que aquela história continha semelhanças com a de Euclides. Penina poderia ter convencido o homem que amava a se mudar da capital para Verlem, com intuito de salvá-lo de um possível assassinato por possuir o cubo. Mas, infelizmente, não conseguiu, sendo Random morto mesmo assim. Euclides também fora assassinado por possuir os dados, o que contrastava com a versão de que ele pudesse ter tirado a própria vida.

– Eles viveram na mesma época de Euclides, há quase quinhentos anos – suspirou Isaac. – Por onde você pretende começar a busca pelo Cubo de Random? – Isaac repetiu a pergunta feita por Adélia.

– Pelas pinturas feitas por Penina – exclamou Gail otimista.

– E onde elas se encontram? Em um museu?

– Na Biblioteca Amarela, aqui em Verlem – respondeu Adélia sorrindo para ele com satisfação.

– Gail, você acredita mesmo que o cubo esteja em uma biblioteca?

– Não. Mas a chave para encontrarmos a localização do objeto, sim!

O silêncio preencheu cada canto da sala de jantar. Um brilho de emoção e ousadia surgiu nos olhos da menina. Ela já estivera muitas vezes na Biblioteca Amarela, mas nunca desconfiara, até então, que os quadros de Penina pudessem conter algum enigma capaz de revelar a existência do Cubo de Random. Dessa vez seria diferente, pois ela também teria a companhia do possuidor dos Dados de Euclides.

Tia Adélia adorava o espírito aventureiro e inteligente de Gail. Era o caráter de seu irmão, Vicente Bátor, reproduzido em sua sobrinha. A agradável anfitriã percebeu logo que Isaac e a menina seriam grandes amigos para o resto de suas vidas.

OS QUADROS

A cidade de Verlem era consideravelmente grande, populosa e agradável. Estava a meio caminho da capital em relação à Finn e Melon. O sol brilhava com esplendor naquela manhã preguiçosa e um vento quente deixava claro para todos que o verão havia chegado.

O número de pessoas nas ruas e calçadas da cidade impressionava Isaac, que nunca havia ido para tão longe de Finn, sua pequena cidade interiorana nas montanhas.

Ele e Gail atravessaram a praça central da cidade apinhada de pessoas. Havia árvores e vegetação de médio porte por todos os lugares. Bem podadas e cuidadas. Verlem era, sem dúvida, conhecida por seus maravilhosos jardins e admiráveis canteiros.

Gail, inesperadamente, foi invadida por uma onda de medo. Seus olhos repousaram sobre uma figura magra e alta, vestida de preto, com um chapéu de longa aba na cabeça. A menina não teve dúvidas de que se tratava de um espião de Ignor, pois ele se vestia exatamente como um daqueles que perseguiu e lutou contra Isaac e Bátor na galeria do aqueduto.

A manga da blusa de Isaac foi puxada com força pela garota, que apontou para a figura que caminhava à sua frente. Eles se esconderam na esquina da rua por onde passavam e observaram com cautela o homem, com o rosto oculto sob o chapéu. Aguardaram até que ele e sua sombra desaparecessem no final da rua.

– Eles nos seguiram até aqui.

– Lógico que não, Isaac. Você não percebeu que o espião caminhava com certa tranquilidade no meio da multidão? Ele sequer fazia questão de se esconder. Por outro lado, como poderia saber que pegamos carona com os anões alados para chegarmos até a cidade no dia de ontem? Ele não nos seguiu, mas talvez já estivesse nos esperando.

O raciocínio fazia sentido. Se soubessem que eles já estavam em Verlem, certamente andariam disfarçados, esgueirando-se nos telhados e passagens escuras, à espreita.

– Temos que ter cuidado. Lembre-se do que papai disse antes de deixarmos a estação de tratamento: "Tenham cautela".

Apesar de assustado, Isaac acompanhou a menina como uma verdadeira sombra até chegarem à biblioteca.

Melhor do que ninguém, Gail conhecia cada canto daquela cidade onde passara a maioria de suas férias escolares. Ela era apaixonada por tia Adélia e se interessava pela história do romance entre Penina e Random.

O mesmo orgulho que Isaac possuía por ter nascido em Finn, cidade natal de Euclides, Gail sentia por ter uma tia morando na cidade onde nasceu e morreu a amada de Random. O amor entre o astrônomo e a poetisa, que adorava pintar, era sublime e afetava todas as emoções da romântica menina.

A pureza que representava a singularidade e o afeto de Penina pelo astrônomo via-se expressa na maioria dos quadros pintados por ela. Eram doze quadros ao todo, distribuídos pelos três andares da aconchegante Biblioteca Amarela.

A dama amada era o autorretrato de Penina: uma mulher negra de cabelos cacheados e olhos igualmente escuros e perscrutadores. Em qualquer lugar em que o observador da obra estivesse, aqueles enormes olhos da pintura pareciam segui-lo.

O dado foi o quadro que mais chamou a atenção de Isaac. Não tinha nada de extraordinário, além do desenho de um dado de seis lados sobre uma mesa de madeira próxima a um fogão, em uma cozinha rústica. Por causa da referência ao Objeto de Poder que o garoto possuía, sua curiosidade ficou aguçada.

Ato idiota mostrava um homem em primeiro plano, lendo uma carta, enquanto uma mulher de costas caminhava distanciando-se. A imagem sugeria que eles estavam passando por uma crise no relacionamento amoroso. Não havia como ter certeza disso, mas para Gail, os personagens da pintura estavam em uma das ruas de Corema e simbolizavam Random recebendo a notícia do retorno de Penina a Verlem, mesmo os personagens não possuindo semelhanças físicas com os dois amantes da vida real.

Isaac e Gail gastaram um bom tempo contemplando aqueles quadros expressivos. Todos feitos em aquarela. Tocantes e sombriamente chamativos.

A biblioteca estava praticamente deserta devido às férias escolares. A adorável recepcionista os deixou entrar sem muitos questionamentos ou exigências. Assim como a "cidade", ela também já conhecia Gail de muitos outros verões.

Por meio da escada central que bifurcava para os lados, em direções opostas, os companheiros investigadores ganharam o segundo andar, não sem antes pararem para observar o quarto quadro de Penina, fixado na parede onde a escada se dividia.

Após a sopa apresentava um homem deitado em uma rede na varanda de uma bela casa de campo. A propriedade era cercada por um bem cuidado jardim com plantas baixas, porém de flores coloridas. Parecia uma imagem simples como as demais. Contudo, todas eram sempre expressivas.

No segundo andar da Biblioteca Amarela, os três próximos quadros de Penina seguiam a temática do anterior, que se encontrava na parede da escada.

A sacada da casa era visivelmente uma cena, em foco, da varanda no segundo andar da casa pintada em *Após a sopa*. Havia uma mulher na sacada estendendo as mãos para os ramos, delgados e flexíveis, de hera que desciam de um telhado ligado a um muro que corria para trás da construção.

O galo no lago retratava a paisagem a partir de um ângulo superior à porção posterior da casa. Um pequeno e atraente lago estendia-se até uma cerca branca. Logicamente, havia um galo próximo ao lago. Havia, entretanto, bois do outro lado da cerca e marrecos na margem direita também. Mas, não se sabe por qual motivo, Penina preferiu dar ênfase ao galo no nome da pintura.

A caça parecia ser o quarto quadro de uma sequência de pinturas, pois estava nítido que o penhasco onde o caçador se encontrava era a continuação da fazenda com o lago e a cerca branca. O personagem em aquarela mirava com o arco e flecha pássaros no azulado céu sem nuvens.

Assim que chegaram à frente desse último quadro, Gail explicou para Isaac que caçar pássaros era um dos passatempos prediletos de Random. Sua prática desportiva.

Da mesma forma que *Após a sopa,* o oitavo quadro fora fixado no vão central da escada que levava ao terceiro andar do edifício.

De todos, *Ame o poema* era o mais enigmático, porque trazia um pequeno trecho do poema de Penina. Exatamente aquele citado por tia Adélia. A frase escrita no quadro vinha inserida em uma parte branca da pintura, que simulava uma folha de caderno sobre uma escrivaninha. "Na vida nada se perde, estamos sempre adicionando experiência, para onde quer que olhemos."

Aquele foi o quadro observado por mais tempo.

– Ela parecia ser uma mulher bem legal – resmungou Isaac.

– Penina era extremamente ciumenta, embora majestosa e solene. Alguns estudiosos dizem que ela obrigou Random a se mudar para Verlem como prova de seu amor, por causa de ciúmes. Outros dizem que foi uma tentativa de livrá-lo da morte, pois Penina sabia que a vida de seu amado corria perigo após a criação do cubo.

– Em que você acredita, Gail?

A menina manteve o olhar fixo no quadro e ameaçou um riso quase insultante.

– Eu acredito que não foi Random quem idealizou o cubo.

O coração de Isaac bateu descompassado por milésimos de segundos. Parecia ilógico ouvir aquilo depois de tudo o que tinha escutado a respeito do astrônomo e de seu romance com a poetisa que pintava quadros.

– Se não foi Random, então quem desenvolveu o cubo?

– Penina – respondeu a garota, admirada por ter contado sua teoria pela primeira vez para alguém. – Para mim, o cubo foi criação de Penina. Ele possui seis cores, verde, amarelo, vermelho, azul, branco e laranja. As mesmas cores sempre presentes em todas essas pinturas. Não percebe?

A especulação de Gail fazia sentido. Isaac desceu alguns degraus na escada e mirou os quadros do segundo andar. Não parecia haver outras cores que não fossem aquelas citadas pela garota.

Mas, em cada pintura, Penina diversificava e reforçava a expressão de apenas uma das cores, fazendo com que somente um olhar investigativo, acurado e com intencional capacidade dedutiva, fosse capaz de perceber.

– Por que razão eles mentiriam, dizendo que o cubo fora criado por Random?

– Por amor. A vida do criador daquele objeto certamente estava ameaçada. Por isso, ele deve tê-la forçado a aceitar o anonimato. E, em contrapartida, ela o obrigou a deixar a capital, pensando ser Verlem um lugar mais seguro.

Isaac seguiu para o último andar da biblioteca pensativo. Gail insistia em tentar convencê-lo daquela sadia conspiração.

Então, depararam-se com o nono e mais magnífico quadro: *O jardim,* reconhecidamente a obra mais emblemática e cativante de Penina, eternizava parte do Jardim das Estações.

– Você viu o jardim quando chegávamos a Verlem montados nos anões alados – apressou-se Gail em dizer.

– Eu me lembro. Parece ser um lugar encantador.

A torre da derrota apresentava um campanário sem sino cercado de flores e plantas das mais variadas espécies. Não havia nada na pintura que levantasse a mínima suspeita sobre qualquer derrota. Isaac passou a perceber que sempre as mesmas cores se repetiam. As deduções de Gail faziam sentido, embora ainda não dissessem muita coisa.

O dedo parecia ser o único quadro pintado em apenas três cores: laranja, amarelo e branco. Nele, estava desenhada uma mão esquerda com o indicador apontando para cima.

Luz azul, por fim, fechava a série de pinturas feitas pela poetisa de Random. O quadro apresentava retas paralelas na diagonal. Um aparente feixe de luz transpassando o centro das retas com riscos que faziam lembrar gotas de chuva. No canto direito superior da imagem parecia haver a formação de um arco-íris.

Isaac correu até a mesa mais próxima e retirou os dados do bolso.

– O que você está fazendo?

– Usando magia para descobrir de vez onde se encontra o Cubo de Random – respondeu o garoto rolando D20.

O objeto caiu com o número um voltado para cima.

– O que você perguntou, Isaac?

– Se o cubo estava aqui na Biblioteca Amarela, mas, ao que tudo indica...

Bufando, a garota precipitou-se, impedindo que Isaac fizesse o próximo lançamento.

– Solte minha mão, Gail.

– As coisas não vão funcionar dessa maneira, Isaac. É tão óbvio que o cubo não esteja por aqui.

– Somente os dados podem nos dizer.

– Não seja tolo. É a pergunta que faz a diferença. A pergunta correta. Eles só nos ajudarão se soubermos exatamente o que perguntar.

Isaac recuou após ouvir aquilo.

– Não pretendo passar o dia dirigindo inúmeras questões aos dados e tentando conectar as respostas numéricas obtidas – completou a garota.

Ela estava com a razão. Novamente Isaac precisava admitir aquilo. Gail acreditava que os quadros de Penina escondiam o segredo da localização exata do Objeto de Poder que procuravam, mas ele não estava necessariamente naquele lugar. Antes de qualquer coisa, eles precisariam usar a cabeça para desvendar o mistério.

– Pense comigo, Isaac. Muitos anos se passaram até que você descobriu os Dados de Euclides. Não foi fácil. No entanto, após ouvi-lo narrar como tudo aconteceu, tudo parece tão provável e lógico. Para não dizer simples. Com o cubo, não será diferente.

O garoto guardou novamente os dados no bolso da calça.

– Os quadros estão diante dos nossos olhos e a resposta encontra-se neles – completou a menina.

Isaac e Gail passaram a maior parte do tempo sentados em mesas separadas, folheando os livros de astronomia, matemática e lógica escritos por Random.

Os quadros, um a um, foram novamente observados por Isaac. Gail já havia feito aquilo incontáveis vezes, quando visitava sua tia.

Em silêncio e concentrado, o garoto escreveu os nomes dos quadros de Penina em letra de forma em uma folha em branco e ficou meditando sobre a ligação que poderia existir entre cada um deles.

Estava óbvio que, com exceção de *Luz azul,* todos começavam com a vogal A ou O, mas tal padrão não os levava a lugar algum.

A hora do almoço chegou e com ela apenas a fome; nada de solução para o que procuravam.

– Precisamos almoçar. Já passou do meio-dia, e tia Adélia deve estar preocupada.

Ao se aproximar do amigo e chamá-lo, Gail passou os olhos pela folha onde Isaac havia escrito os nomes das obras de arte. Isaac tinha uma péssima caligrafia. Mas o espanto maior da garota foi perceber que a falta de coordenação nos espaços entre as letras das palavras escritas acabara lhe revelando algo curioso.

Graças à caligrafia ruim de Isaac, em questão de minutos, a mente lógica e dedutiva de Gail resolveria o enigma dos quadros de Penina.

O ENIGMA

– Dizem que todo médico tem uma péssima caligrafia. Os matemáticos não seriam diferentes, se fossem todos como você – acusou Gail, fascinada com o que acabara de encontrar na lista que Isaac fizera.

Os nomes de todas as telas pintadas por Penina constavam nela.

Antes que pudesse se irritar com o comentário irônico da amiga, o menino foi surpreendido quando teve a folha de papel arrancada de suas mãos.

– Ei! – protestou.

Sem se incomodar com os resmungos de Isaac, a filha de Bátor prosseguiu, arrancando também o lápis da mão do amigo. Ela passou nome por nome da lista, apontando com o lápis na lateral de cada um. Finalmente, encontrara um padrão significativo. E, sem demora, revelou o mistério criado pela pintora poetisa.

– Com exceção de um, todos os outros nomes dos quadros de Penina podem ser lidos também de trás para frente. Observe.

Então, Gail indicou um primeiro nome, *Após a sopa.*

Isaac conferiu espantado o fato. O conjunto de palavras que formava o nome de onze dos doze quadros podia ser lido tanto da esquerda para a direita como ao contrário, desconsiderando-se, é claro, os espaços e possíveis sinais ortográficos encontrados, como acentos e cedilha.

– Impressionante! Estava todo momento diante dos nossos olhos. Gail, você é genial.

A garota estava maravilhada por ter, finalmente, conseguido decifrar o enigma dos quadros de Penina. Seus olhos cintilavam para os de seu amigo.

Gail riscou onze nomes da lista e completou o que havia sobrado com as palavras *das Estações*. Depois o circulou.

– O único nome que não mantém essa propriedade *é O Jardim* – detalhou ela. – Compreende? É para lá que devemos seguir, Isaac. O Cubo de Random só pode estar escondido no Jardim das Estações.

Não se passaram cinco minutos sequer e os dois já retornavam para casa. Mesmo com tantos riscos, aquele representava o momento de maior emoção para ambos e também o melhor verão de suas vidas.

Acabaram de descobrir o segredo dos quadros de Penina. Um mistério que se manteve oculto por aproximadamente quinhentos anos. Um sabor de vitória contagiava-os por inteiro. Até a fome deixou de incomodá-los.

Devido à alegria e forte comoção, Isaac e Gail esqueceram-se de manter a cautela. Por isso, de forma inesperada, foram vistos por um espião quando atravessavam afoitamente a praça.

Era o homem de Ignor que os perseguira no Aqueduto de Persley. Aquele que havia lutado contra Bátor e despencado no canal. Não foi difícil para ele reconhecer os garotos.

Isaac e Gail foram, subitamente, agarrados por mãos misteriosas que surgiram de uma esquina, tapando suas bocas. Os dois foram puxados com força para uma viela secundária, desaparecendo em um piscar de olhos diante da multidão ingênua e distraída que frequentava o local.

O horror do que parecia ser um sequestro logo acabou, quando perceberam se tratar de Bátor.

– O que vocês pensam que estão fazendo? Gail, eu disse que era para ter cuidado ao caminhar pelas ruas da cidade.

– Papai! – exclamou a menina, desconsiderando o puxão de orelha que levara.

Isaac também suspirou de alívio.

– Acho que descobrimos onde está o cubo.

Mas, antes que a garota pudesse encontrar em seu bolso o papel com os nomes das obras de arte e a localização do Objeto de Poder circulada, ela se deu conta de que perdera a lista.

O susto que tomara ao ser puxada pelo pai provavelmente fizera com que a lista caísse de suas mãos.

– O cubo está no Jardim das Estações – adiantou-se Isaac.

Envergonhada, Gail preferiu não contar que havia perdido o papel, torcendo para que ele não fosse encontrado pelos espiões que os perseguiam. Aquele desleixo poderia transformar todo o sucesso da missão em fracasso.

Bátor fechou a cara ao ouvir a declaração de Isaac, mas preferiu não entrar em discussão. Naquele instante, precisavam sair do lugar onde se achavam. Disfarçado, com o capuz de sua túnica na cabeça e esgueirando-se por entre os becos, o cavaleiro tinha contado pelo menos três espiões presentes no centro da cidade. Por isso, precisavam agir com cuidado e rapidez.

Outra vez, Isaac viu-se fugindo pelas ruas de uma cidade com o coração batendo acelerado e em pânico. Pareciam ser exigências daquela louca aventura.

Passado alguns momentos, Isaac, Bátor e Gail já se encontravam diante da bondosa senhora Adélia. Tranquilos e com a respiração normal. Os três comiam um delicioso prato de costelas de porco, arroz e salada.

– Vocês estão certos de que o objeto se encontra lá? – perguntou novamente a tia de Gail. Mas, daquela segunda vez, a pergunta pareceu uma afirmação. – Ninguém que já tenha entrado naquele jardim jamais retornou – esclareceu a senhora.

Um frio voltou a percorrer a barriga de Isaac.

– Estava fácil demais para ser tão bom – ele falou consigo mesmo.

– O Jardim das Estações é um lugar encantador, mas só pode ser apreciado pelo corredor construído sobre seus muros. Dizem que é um santuário selado por magia. Eu repito, ninguém que já tenha entrado naquele jardim retornou para contar como ele é por dentro ou o que acontece por lá.

Bátor, que havia terminado sua refeição, lembrou-se de um fato antigo que lhe fora narrado quando ainda era criança e morava em Verlem com seus pais.

– Aquele é um jardim suspenso. Conta a lenda que era o local favorito de passeio dos casais apaixonados de Verlem. Recém-casados também vinham de longe em lua de mel para apreciá-lo. No centro do jardim, havia uma torre sineira. Muitas vezes, o instrumento de bronze era ouvido sem que ninguém o tocasse. Ao nos contar a história, repetidas vezes, mamãe acreditava que fosse o amor dos amantes visitando o jardim que despertava um poder capaz de fazer o sino tocar e anunciar a paixão que eles sentiam. Particularmente, eu preferia desconsiderar essa parte melosa da história – gabou-se Bátor.

– Era o que eu mais gostava de ouvir de tudo aquilo que mamãe nos dizia – suspirou Adélia.

– Havia uma mulher de Verlem que o visitava todos os dias. Ela cuidava das plantas, dos passeios, dos bancos e sempre subia na torre central para limpar as teias de aranha do brilhante sino que lá ficava suspenso. Até o dia em que tragicamente ela foi afligida pelo assassinato brutal de seu marido. Revoltada e cheia de dor, a mulher cerrou sobre si as portas de acesso ao santuário e desapareceu. Mas não sem antes lançar sobre ele uma maldição: o jardim só passaria a ser contemplado a distância. E assim nunca mais dele saiu quem por cima de seus muros entrou. Uma sinistra história de amor, paixão e perdas. A mulher perdeu seu marido e os casais apaixonados perderam aquele lugar inestimável de prazer e encontros indizíveis.

– Ninguém mesmo? Quero dizer, nunca ninguém retornou de lá?

– Nunca, Isaac – respondeu Adélia. – Eu moro aqui há sessenta e dois anos e sempre ouvi notícias de aventureiros que se perderam no Jardim das Estações. Acredita-se que, dentro dele, primavera, verão, outono e inverno ocorram ao mesmo tempo.

– Um verão que nunca se acaba, um outono onde as folhas nunca param de cair, uma primavera sem fim e um inverno eterno. A coexistência das quatro estações é a prisão de todos que as experimentam.

O garoto engoliu em seco a garfada seguinte. Após escutar aquela bela, mas também sinistra história, tudo para ele parecia estar perdido. Todos os esforços que tinham feito até aquele momento teriam sido em vão..

– Por que entraríamos em um lugar onde ficaríamos presos para sempre?

Gail, porém, teve um lampejo de memória, que jogou luz na situação aparentemente sem saída.

– Papai, por que nunca me contou sobre a mulher e a tragédia do jardim?

– Porque eu nunca gostei dessa história, Gail. E porque você nunca me perguntou.

A garota levantou-se, sobressaltada, da mesa e deu a volta, parando de frente para seu pai e sua tia.

– Não percebem? Essa mulher era Penina – exclamou.

– Tudo não passa de uma lenda, minha filha, que foi alterada e aumentada no decorrer dos anos pelos contistas.

– Isaac passou a manhã comigo na biblioteca e estudamos juntos todos os quadros pintados pela mulher de Random. Agora tudo faz sentido – insistiu Gail.

O cavaleiro ainda não estava convencido, mas sua irmã esboçou um sorriso singelo ao ver a reação de atrevimento da sobrinha. Ela conhecia

Gail. A menina seria capaz de tirar conclusões enigmáticas e convencê-los de que estava certa sobre tudo o que dizia.

– As pinturas contam a história de amor do casal. Após terem se mudado para Verlem, eles viveram dias felizes na casa de campo que possuíam. Então, a fatalidade lhes sobreveio com a morte de Random. Penina não amaldiçoou o jardim com intuito de privar os casais apaixonados de desfrutarem sua beleza. O encantamento foi lançado para proteger o Objeto de Poder que estava em sua posse.

– Faz sentido, mas não podemos ter certeza do que está falando, Gail.

– Podemos sim, papai. Vamos, Isaac. Role os dados e confira – ordenou a menina.

Em questão de segundos, D20 acusou seu número máximo. O garoto ficara fascinado com a capacidade dedutiva da amiga.

Adélia surpreendeu-se ao ver, nas mãos de Isaac, os dados pela primeira vez.

– Como você consegue fazer isso? – perguntou Isaac, incrédulo, encarando sua amiga – Como consegue raciocinar tão rápido e fazer tantas ligações entre os fatos?

– A Torre da Derrota! – explicou ela – Penina estava nos indicando que é lá que o cubo provavelmente se encontre. Mas o mais fantástico de tudo são as duas últimas pinturas que ela nos deixou, *O dedo* e *Luz azul*.

Isaac, Bátor e Adélia aguardaram com receosa curiosidade o que Gail tinha para dizer sobre os dois quadros de Penina. Os segundos que se passaram pareceram durar uma eternidade.

A menina tomou fôlego, perscrutou a face de todos e, tentando encontrar credulidade, então falou:

– "… e assim nunca mais dele saiu quem por cima dos muros entrou."

Ela concluiu:

– As portas de acesso ao jardim foram seladas e não podemos pular os muros. Papai disse que o jardim é suspenso, logo concluo que devemos entrar por baixo. A pintura no quadro com o dedo aponta para a última imagem com as retas azuis e aparentes respingos de chuva. Embora se chame *Luz azul,* trata-se de água. Os dois últimos quadros, juntos, nos mostram o caminho de entrada. Nosso acesso ao Jardim das Estações deve ser feito por meio dos canais de água que o mantém irrigado.

– O aqueduto – exclamou Isaac.

– Uma ramificação dele, talvez – consertou Gail.

NO JARDIM TRAIÇOEIRO

Eram cinco horas da tarde quando os aventureiros alcançaram a parede leste do jardim. Furtivamente, Isaac, Bátor e Gail deram a volta ao redor do muro atingindo a região, pelos seus cálculos, mais próxima à suposta passagem de água.

A garota estava certa. Um duto enorme, quase todo metido debaixo da terra, porém completamente oculto pela vegetação densa do local, infiltrava-se na base da muralha.

Lutando contra galhos espinhosos e inúmeros insetos pestilentos, os três companheiros subiram a colina, atrás do jardim, até encontrarem um lanternim. Apesar de portar sua espada na bainha do cinturão, Bátor usava uma faca afiada para abrir passagem.

No céu, o sol já perdia seu vigor, declinando-se no horizonte e lançando sombras compridas e estreitas, as quais eram deformadas pelo amontoado de troncos e caules presentes na entrada do canal secundário do aqueduto.

Contudo, ainda era possível enxergar, na abertura do canal, uma tênue luz azul, realçada e característica, formada pela incidência dos raios solares sobre as gretas de entrada do duto. Isaac e Gail sorriram ao vê-la. Em determinado ângulo, ao penetrarem pela estreita passagem, eles tiveram a impressão de estar olhando para a cena retratada no quadro *Luz azul* de Penina. As retas paralelas desenhavam perfeitamente a abertura.

Ambos pensaram na genialidade daquela mulher.

– Estamos no caminho certo – sussurrou a menina.

No interior cavernoso e escuro do canal, perceberam que tinham mais espaço do que imaginavam. Mas precisariam mover-se agachados, com a água batendo-lhes nos joelhos, se quisessem prosseguir. O único incômodo era para Bátor que tinha que ajeitar a espada em seu cinto enquanto se arrastava.

Desceram, aproximadamente, vinte metros no sentido do muro do jardim, para onde a água corria. Então, o canal, que possuía o teto em arco, tornou-se um duto retangular. Alguns metros mais adiante, chegaram a um ponto em que o corredor terminava em uma curva de noventa graus para a direita.

– Devemos estar sob os muros do jardim nesse momento – disse Isaac.

O chefe da guarda moveu-se adiante e sentiu o piso desaparecer sob seus pés. Cuidadosamente, deixou seu corpo afundar e ficou em pé com a água batendo-lhe no peito. Dessa forma, ficara mais confortável.

Bátor fez sinal para que Isaac e Gail o seguissem, mas foi preciso que eles nadassem, pois não tinham altura suficiente para tocar o chão sem que submergissem.

Eles fizeram uma curva para a esquerda e, maravilhados, enxergaram uma fluorescência vinda da região à frente. Após a curva seguinte, para a direita, identificaram finalmente a origem da luz. Ela provinha de uma abertura na base da parede que os encarcerava naquele duto alagado. A única maneira de prosseguir seria mergulhando. Era preciso atravessar a fenda na base da parede que os detinha.

– Há luz do outro lado. Deve ser luz solar – disse Bátor. – Esperem aqui até que eu me certifique.

O cavaleiro soltou seu cinto e pediu que Isaac ficasse com sua espada até que ele retornasse. Encheu os pulmões de ar e mergulhou intrépido.

A pequena abertura na base da parede o guiou descendo por um estreito corredor igualmente retangular com teto formado por uma grade, através da qual a luz do sol incidia. Com menos de dois metros de comprimento, o trecho desembocou em uma enorme área completamente submersa, mas também gradeada e iluminada em sua porção superior.

Bátor encontrava-se no que parecia ser um espaçoso tanque, um reservatório ou uma fonte dentro do jardim. Para sua infelicidade, a potente peça com fitas metálicas entrelaçadas sobre sua cabeça o impedia de sair e recompor o ar.

Mantendo a respiração presa, ele nadou de volta para onde estavam Isaac e Gail. Ambos permaneciam boiando, enquanto esperavam. Isaac às vezes usava a espada de Bátor como apoio.

– O que há lá embaixo, papai?

– Uma fonte. Mas a saída está fechada com uma grade pesada abaixo do nível da água. Continuem esperando até que eu encontre uma maneira de sair para a superfície no outro lado.

Obedecendo às ordens dadas, eles permaneceram no corredor alagado.

Do outro lado da parede, Bátor nadava afoitamente, tentando levantar a grade que o prendia no tanque. Ela, porém, não cedia. O cavaleiro precisou voltar para encher de ar os pulmões antes de, outra vez, retornar para investigar a prisão submersa.

Nadando com esforço, com os olhos sempre abertos e ardendo, finalmente, ele encontrou o que parecia ser uma alavanca. A barra metálica estava inserida em um dispositivo na parede do tanque, quase oculta em uma região já tomada pela sombra.

Apoiando os pés na parede e abraçando a haste metálica, Bátor ficou de barriga para cima. Imprimiu o máximo de força que possuía, puxando a alavanca. Seus músculos da perna doíam tanto quanto os do braço, mas foram capazes de fazer a peça se mover. Ela não tinha chegado completamente até o batente inferior. Ainda assim, o cavaleiro sentiu o volume de água do tanque diminuir.

Ele não vacilou e continuou forçando para baixo até sentir que havia mudado a posição da haste por completo. Seu corpo ia sendo puxado pela correnteza que se formou. Algum tipo de ralo parecia ter sido aberto no piso e era para lá que toda a água escoava.

Antes que pudesse recompor suas energias e se levantar do piso da fonte vazia, Bátor percebeu a presença de Isaac e Gail ao seu lado.

– Você conseguiu, papai.

– Olhe!

Isaac apontou para o buraco através do qual a água havia sido drenada. Ele conduzia para duas direções distintas. Passando por dentro dele, uma delas terminava em uma escada do outro lado da parede do tanque, conduzindo para o nível do jardim logo acima. Eles haviam encontrado o acesso adequado, sem necessariamente precisar pular os muros.

Com o coração ainda batendo acelerado, Bátor pegou sua espada com Isaac e afivelou a bainha da arma na cintura. Escurecia, e eles não sabiam quais perigos os aguardavam naquele santuário que, por tantos anos, ficara fechado, adormecido sob o poder de um encantamento.

– Todo cuidado é pouco. Fiquem atrás de mim – orientou Bátor, desembainhando a espada.

O Jardim das Estações era, de fato, algo extraordinário e magnífico. Havia bardos, carvalhos, faias e nogueiras. Caules de trepadeiras pendiam da copa das árvores formando um cenário exótico e visualmente harmônico.

– É impossível não haver um jardineiro por aqui – exclamou Gail.

Isaac aproximou-se do tronco de uma árvore e percebeu que milhares de minúsculos espelhos pendiam ali. O garoto tentou se olhar em um deles, quando, de repente, o espelho se moveu e ele pôde perceber que se tratava das asas de inúmeras borboletas.

Enquanto umas possuíam um tecido refletor nas asas, o de outras era transparente como o vidro. Isaac soltou uma gargalhada de prazer ao perceber aquilo.

A lua estava no céu, mas o sol ainda não havia recolhido todos os seus raios luminosos. Dentro do jardim, tudo ao redor era florido e perfumado.

– São crisântemos – apontou Gail, aproximando-se de um canteiro majestoso à direita do caminho por onde passavam. – Narciso e orquídeas. Embora seja verão em Verlem, estamos na primavera dentro do Jardim.

– Curioso.

– Magnífico, Isaac.

Eles andavam sem direção específica. Ainda se viam extasiados pela exuberância e beleza do local, quando atingiram um enorme muro coberto por falsas-vinhas.

– Precisamos nos concentrar. Estamos andando a esmo. Acabamos retornando para o muro do jardim.

– Provavelmente, a torre se encontra no centro. Precisamos nos afastar da trilha que acompanha o muro. Como viemos por este caminho, só nos resta seguir por aqui – apontou Gail.

Todos concordaram. Porém, antes que caminhassem dez metros na direção indicada pela garota, chegaram a uma área espaçosa onde um banco, com pés de ferro fundido e assento de madeira, esticava-se sob uma preguiçosa tenda metálica.

– E agora? – perguntou a menina, observando que do agradável local de descanso divergiam quatro veredas, além daquela por onde eles haviam chegado.

– Não podemos nos iludir. O Jardim é belo, mas pode se tornar um perigoso labirinto se não soubermos andar por ele – disse Bátor.

– Talvez por isso ninguém nunca tenha conseguido sair dele.

Antes que Gail terminasse de falar, Isaac sacou D4 do bolso e o rolou. O garoto já determinara em sua mente quais números corresponderiam a cada caminho à sua frente. Precisava saber com certeza qual deles tomar.

No entanto, antes que pudesse recolher o dado no chão, uma flecha encravou na terra entre as pedras do calçamento, ao lado do objeto.

– Corram! – gritou o cavaleiro, percebendo a perigosa situação.

Outra flecha passou zunindo próxima do pescoço de Gail. A garota soltou um grito e correu para debaixo da tenda que a ocultou dos olhos do inimigo.

O espião de Ignor que lançara o projétil mortífero estava sobre o muro. Em questão de segundos, ele fez sinal para seus outros dois comparsas. Eles desenrolaram do cinto, um fio quase invisível, de tão delgado, e o prenderam às gárgulas dispostas ao longo do parapeito do muro.

– Sigam-me! – gritou Isaac, recolhendo D4 e correndo na direção orientada pelo dado.

Na aflição do momento, Isaac não percebeu que a força da flecha ao perfurar o solo, havia deslocado a pedra sobre a qual seu Objeto de Poder caíra. Isso foi o suficiente para fazê-lo tombar, alterando o resultado inicialmente apresentado.

O caminho que o garoto escolhera não era a melhor opção. Aliás, fora uma péssima escolha. Seguiram em fuga pela trilha sem perceber que paredes vivas de vegetação alta e entroncada os cercavam de um lado e de outro.

– Ficamos presos! – percebeu Gail – Para onde você nos trouxe, Isaac?

As paredes laterais encontravam-se no centro da trilha, fechando a passagem. Isaac, Bátor e Gail tinham fugido para um beco sem saída. O garoto não teve tempo para discussão, mas percebeu o que acontecera. Ele tinha lido o número errado em seu dado.

O cavaleiro empunhou a espada bem alto, em posição de ataque. Gail e Isaac esconderam-se atrás de Bátor, fugindo de flechas que se arrojaram na parede que os impedia de prosseguir. Parecia ser o fim para os três companheiros de aventura. Eles estavam em desvantagem e, a qualquer momento, seriam feridos mortalmente.

Como que em um passe de mágica, acossados, Isaac, Bátor e Gail assistiram aos três espiões que os perseguiam transformarem-se em árvores.

Os corpos dos arqueiros inimigos começaram a se contorcer e se esticar, à medida que eram puxados por alguma força sinistra para as paredes entroncadas da trilha. Antes mesmo que pudessem gritar ou dardejar outra flecha, já faziam parte do arranjo de ramos e caules que isolavam aquela parte do jardim.

– Incrível! O que aconteceu?

A incredulidade ainda persistiu com assombro na fisionomia de Isaac e Bátor quando ouviram a explicação de Gail.

– Eles pularam o muro, Isaac. Só pode ser isso. É a única explicação que temos para entender por que ninguém consegue sair do Jardim das Estações. As pessoas são transformadas em plantas.

– A magia de Penina preserva e cuida do jardim – murmurou Bátor.

Os três companheiros entreolharam-se com medo. Não conseguiam imaginar quão terríveis ciladas aquele enigmático santuário ainda poderia abrigar. Foram tomados por uma onda de pavor.

Estudaram os três troncos na parede vegetal, que minutos atrás eram seres humanos como eles. Não havia como reconhecê-los. Seria impossível dizer que tinham sido transformados. Daquele momento em diante, olhariam para as flores, folhas e árvores de um modo diferente, desconfiados. Nada naquele lugar parecia mais ser o que era.

– Já está escuro. Precisamos encontrar a torre – advertiu o chefe da guarda real.

Saíram da trilha na qual haviam ficado aprisionados.

Isaac rolou novamente um de seus dados e obteve a resposta de que precisava. Percorreram mais uma distância, antes que precisassem novamente da ajuda daqueles objetos mágicos. Perceberam que se encontravam cada vez mais no interior do jardim.

Sem qualquer sinal de aviso, a temperatura caiu bruscamente. Um frio inexplicável os surpreendeu. Poucos passos adiante, começou a nevar.

– Não acredito no que agora vejo. Está nevando em pleno verão.

– É o Jardim, Isaac. Deve ser o encantamento que o protege de intrusos. As quatro estações realmente coexistem dentro de seus muros. Vejam as árvores. Agora estamos em uma floresta boreal.

– Precisamos correr, se não quisermos morrer congelados. O jardim não é muito grande. Se Gail estiver certa, deixamos a primavera.

– E se as estações revezarem de acordo com as horas do dia? O frio poderá durar por toda a noite – comentou Isaac.

– Não acredito. Se assim fosse, no decorrer do dia, olhando por cima do muro, teríamos que ver um cenário diferente de um mesmo local. Não é isso que acontece.

– Como você pode ter tanta certeza, Bátor?

– Eu passei minha infância nesta cidade, se esqueceu, Isaac? Inúmeras vezes, usei os muros desse jardim como esconderijo em brincadeiras durante minha adolescência.

As crianças entenderam que vivências como aquela dariam respaldo às conclusões de Bátor.

Precisavam correr para salvarem suas vidas e não morrerem congelados, mas o gelo depositado no chão dificultava a caminhada, cada vez mais.

Gail começou a sentir cãibras provocando contrações involuntárias e dolorosas nas panturrilhas. Soltou um grito de agonia. Gemendo de dor, afundou na neve ao cair no chão. Isaac percebeu que sua amiga não conseguiria, de modo algum, continuar.

A CAIXA NUMÉRICA

O corpo de Gail foi erguido em um solavanco por Bátor. O cavaleiro ajeitou sua filha no colo e continuou avançando contra a nevasca que insistia em cair, impiedosa e severa.

Com dificuldade, Isaac continuou seguindo seus amigos.

– Você está bem?

– Acho que consigo passar por isso, se não estiver muito longe de terminar essa estação – respondeu o garoto, com os braços cruzados em volta do próprio corpo, enquanto caminhava e tremia de frio.

A jornada pelo inverno do jardim prosseguiu silenciosa. Todos usavam o capuz de suas vestes para se protegerem do frio, mas não adiantava muita coisa. Com os pés congelando, Isaac e Bátor caminharam tropegamente. O cavaleiro carregava sua filha no colo. Todos estavam com as orelhas, narizes e pés queimando por causa da temperatura extremamente baixa.

Mesmo quase desfalecendo, Isaac conseguiu se compadecer de Gail. Ele parecia mais preocupado com sua amiga do que consigo. Quando percebeu seus sentimentos voltados para ela, o garoto teve certeza de que não era mais o mesmo. Todas as fugas, os apertos pelos quais teve que passar, todos os enigmas que tiveram que decifrar juntos fizeram dele um menino menos egocêntrico, mais humilde e também mais humano.

O pessimismo não chegou a ocupar o menor espaço sequer no coração de Isaac. Embora quase caindo na neve, como Gail, e entregando o jogo da busca do Cubo de Random, o garoto conseguiu manter pensamentos bons e esperançosos em sua mente. Isaac permaneceu acreditando que venceriam o inverno do Jardim das Estações.

Então, aos poucos, o esbranquiçado e cruel cenário começou a ser tingido por tonalidades terrosas. Era evidente que o clima se tornava mais ameno. O volume de neve no piso diminuía na proporção em que a palidez na face dos aventureiros se dissipava. Parecia um milagre eles chegarem até aquela outra borda de transição das estações.

A temperatura não foi alterada de forma brusca, como ocorrera quando entraram no inverno. Ainda bem, pois seria um choque térmico terrível para Isaac, Bátor e Gail, se assim acontecesse.

Então, ocorreu outro fenômeno, também favorável a eles. Antes que a escuridão total dominasse o jardim, luzes foram acesas em todos os lampiões dispostos no topo dos postes que se enfileiravam à beira do caminho.

Todos assistiram aquilo maravilhados. O jardim possuía vida própria. E, mesmo com tantos perigos, o cenário era encantador.

Gail parou de gemer, mas continuou no colo do pai, abraçada a ele, por mais um tempo. Isaac seguia-os, com apreensão.

– Meus ossos estão congelando – resmungou o garoto.

– Seja forte, Isaac. Estamos saindo do inverno. Os caules e as raízes expostas das árvores voltaram a aparecer.

Bátor estava certo. O bosque começava a se tornar menos denso, tenebroso e sombrio. Antes que o clima frio terminasse por completo, eles avistaram o que tanto procuravam, a Torre da Derrota.

Construída com enormes blocos de pedra, a edificação erigia-se imponente e intimidadora, inspirando medo e terror. Com aproximadamente quinze metros de altura distribuídos em três andares, uma única porta de entrada era oferecida aos visitantes que por ela ousassem entrar.

Teias de aranha opunham-se à passagem de Bátor, quando ele avançava à frente do grupo. Gail já se encontrava no chão e alongava as pernas. Isaac vinha logo atrás, esquadrinhando todo o ambiente ao redor.

Umidade e mofo impregnavam as paredes internas da torre, gerando um odor desagradável, porém suportável. A escada em caracol sustentava-se presa à parede circular, onde tochas acesas também se fixavam em ângulo.

No segundo andar da torre, não havia nada, além do sino do campanário tombado. O buraco no teto denunciava a queda do instrumento que outrora ficara pendurado no andar superior. As janelas abriam-se para uma visão diferente do jardim. Através delas, não era possível distinguir as diferentes estações em seu interior. Da mesma forma como acontecia quando se olhava do muro que o circundava.

Faltavam alguns degraus na escada que conduzia ao terceiro e último andar, mas isso não os impediu de subir. Não parecia haver vida alguma na Torre da Derrota, apenas silêncio, mofo, solitárias teias de aranha e uma atmosfera de terror.

No campanário, logo abaixo da madeira suspensa no teto, onde provavelmente deveria ficar pendurado o sino, havia um pedestal de carvalho com base e cornija ornamentados com arabescos elegantes e singelos.

Isaac e Gail observaram o pedestal, curiosos, enquanto Bátor preocupava-se mais em sondar o local em busca do menor sinal de ameaça.

Abaixo dos adornos da estrutura de madeira, trechos de uma frase conhecida e misteriosa estavam gravados, como se tivessem sido feitos com um canivete ou punhal:

"Na vida nada se perde...
Basta fazer a soma correta...
Em todas as direções."

– São trechos do poema de Penina. Achamos o cubo.

Sobre o pedestal, encontrava-se uma caixa peculiar, não muito maior do que um punho de adulto fechado. Isaac apontou em sua direção.

Ao redor da caixa, havia oito blocos numéricos dispersos. A face superior do compartimento era dividida em nove espaços quadrados, arranjados como em um "jogo da velha". No quadrado central, um bloco contendo o número 5 permanecia encaixado de modo que não podia ser removido. A caixa estava lacrada por algum tipo de magia.

– O cubo fica aí dentro.

– Como sabe disso, Gail?

– Você não leu? É o poema de Penina. Ela trouxe o cubo para cá e o trancou dentro dessa caixa – respondeu a menina.

O cavaleiro aproximou-se e estudou o compartimento que encerrava o Objeto de Poder. Forçou sua abertura, mas não teve sucesso.

– Isso é um cofre – balbuciou Bátor.

– Precisamos saber o segredo para abri-lo.

– Trata-se de um enigma. Olhem!

Foi a vez de Gail apontar para os cubos sobre o pedestal. Estavam numerados de um a nove, com exceção do número cinco, que já se encontrava encaixado no centro do receptáculo da tampa, na face superior.

– Temos exatamente oito espaços sobrando, onde os oito cubos devem ser colocados – completou a menina.

– Precisamos saber em qual ordem eles devem ser inseridos.

– O número 5 foi deixado exatamente no quadrado central. Eles podem estar em ordem crescente ou decrescente, de cima para baixo ou de baixo para cima, da esquerda para a direita ou vice-versa – analisou Isaac.

Rapidamente, Gail começou a encaixar os cubos na tampa da caixa.

Bátor aproximóu-se do peitoril da torre, pensando ter escutado algum barulho furtivo. Um ruído semelhante ao de alguém ou alguma coisa se arrastando lá embaixo.

Investigou e constatou que o jardim continuava tomado por um silêncio estarrecedor. Nem mesmo insetos podiam ser ouvidos.

– Não está funcionando – informou a menina.

Gail fez várias tentativas, seguindo as combinações sugeridas pelo amigo matemático. Todas sem sucesso.

– Pense em alguma coisa, Gail.

– Estou tentando, Isaac.

– Vou usar os dados. Precisamos ter certeza de que o cubo, de fato, está nessa caixa.

– Ele está nessa caixa… – reclamou a menina, quase se ofendendo pela dúvida do amigo.

– Isso é apenas uma hipótese – interrompeu Isaac, também levantando a voz.

– Crianças! – gritou o chefe da guarda – Se vocês não cooperarem, não vamos completar nossa missão.

– Mas não temos certeza, Bátor.

– A lógica de Gail nos trouxe até aqui, não foi? Então, não a menospreze. Apenas reconsidere o que ela falou. Olhe a inscrição, Isaac. O poema pertence à Penina.

Mentalmente, a menina relembrou tia Adélia recitando os versos com sua entonação maravilhosa. Naquele mesmo instante, Gail conseguiu fazer a ligação necessária para desvendar o mistério.

– É isso! O segredo para abrir o cofre está no poema.

Todos olharam para as frases inscritas na madeira do pedestal.

– Basta você fazer a soma correta. Em todas as direções. E o resultado será sempre três vezes o número cinco.

– O que isso significa, Gail?

A resposta veio da boca de Isaac.

– Que precisamos encaixar os números nos quadrados de forma que, em qualquer direção, a soma seja 15. Três vezes cinco. Gail, você é fantástica! Decifrou completamente o enigma.

– O matemático aqui é você, Isaac. Monte os blocos e faça a combinação. Abra o cofre onde o cubo foi encerrado.

Isaac fixou os olhos na tampa da caixa e começou a inserir os blocos numerados. Aquele era um fascinante exercício de matemática. Embora parecesse simples, era, ousado e desafiador.

O garoto conseguiu vencer o desafio na primeira tentativa e, quando o último bloco foi inserido, a tampa destravou e a caixa se abriu. Em seu interior, intacto e adormecido, encontrava-se o pequeno objeto: o Cubo de Random.

Confeccionado em um material reluzente, ele possuía cada uma de suas seis faces dividida em nove partes, no total de 26 peças capazes de serem articuladas devido a uma peça central oculta.

O cubo era, na verdade, um quebra-cabeça e deveria ficar montado de tal maneira que cada uma de suas seis faces permanecesse com apenas uma cor específica. Suas seis cores eram as mesmas dos Dados de Euclides, verde, amarelo, vermelho, azul, branco e alaranjado. A garota percebeu que as cores estavam misturadas em algumas de suas faces.

– Pegue, Gail. Ele pertence a você.

Bátor apenas meneou a cabeça, concordando com Isaac.

Gail tomou o Objeto de Poder em suas mãos e o analisou, curiosa, deslumbrada. Por anos, desejara encontrá-lo. Nada se comparava àquele momento glorioso, gratificante e mágico. O cubo agora era seu.

De repente, o sentimento de triunfo foi substituído por medo, calafrio e terror. Um rugido arrancou todos do encantamento proporcionado pela descoberta do objeto. Era um som gutural, cavernoso, cheio de fúria e poder, vindo lá de baixo da torre.

Do campanário, todos assistiram as copas das árvores ao redor deles estremecerem.

Gail guardou o cubo no bolso da calça e correu para ver de onde vinha o rugido. Isaac e Bátor a acompanharam até o parapeito da torre e, juntos, seus olhos vislumbraram, em choque, uma odiosa criatura, grotesca e gigante, que se arrastava de um lado para o outro.

Com sua cauda comprida e flexível, o monstro acertava de uma só vez o caule de várias árvores, fazendo-os vergar. Sua boca estendia-se para as laterais de sua face, como um rasgo, e ostentava dentes afiados e longos. Sua pele rugosa e esverdeada transpirava um cheiro de pântano e material orgânico em decomposição.

O animal fazia lembrar um réptil crocodiliano, mas podia mover-se rápido como um mamífero. Suas articulações conectavam membros ágeis e igualmente longos à sua cauda. Ele possuía patas com garras afiadas como flechas e um tamanho que lhe permitia alcançar o segundo andar da edificação.

Ainda tomados pelo terror, os companheiros deram-se conta de que se achavam encurralados na Torre da Derrota. O monstro continuava a rugir e cercar a única passagem por onde poderiam escapar.

DESAFIO MORTAL

Não havia opção. Isaac foi obrigado a descer a escada interna da torre com Bátor e Gail. Mesmo que não precisasse acompanhá-los, ele o faria, com ou sem medo. Já estavam tempo suficiente juntos para que o garoto tivesse aprendido que a força da amizade se manifestava em momentos como aquele, quando a única coisa que lhes restava era, juntos, enfrentarem o terror de uma grande ameaça.

Eles não conseguiam imaginar de onde surgira tal criatura, mas não precisavam de explicações depois de tudo pelo que haviam passado para chegar até ali. O jardim estava adormecido sob um encantamento que o protegia, ou melhor, que protegia o cubo. Invasores transformavam-se em plantas, as estações do ano aconteciam todas em um mesmo dia, embora separadas por seções naquele santuário. Olhando por esse lado, não deveria existir estranheza alguma em se deparar com uma besta gigante diferente de qualquer animal que pudessem já ter conhecido.

– Deixem que eu saia primeiro – orientou Bátor. – Vou distrair a criatura para que vocês consigam fugir.

Pancadas na parede da torre foram ouvidas. O animal parecia estar ficando cada vez mais nervoso do lado de fora. Havia fúria e ódio em seus movimentos.

– Para qual lado devemos correr? – perguntou Isaac, tenso.

– Para o leste. Para o outono. Para o lado oposto ao qual viemos. Se entrarmos novamente no inverno, morreremos de qualquer maneira – balbuciou a menina.

– Combinado – assentiu seu pai. – Eu lhes darei cobertura.

Os companheiros aproximaram-se da porta da torre com o coração na mão. Teriam que encarar a criatura de qualquer maneira. Não havia outra saída.

Bátor projetou-se para fora com rapidez, empunhando sua espada. Assim que ganhou espaço, o cavaleiro iniciou o duelo. Atingiu uma das patas do monstro quando este tentava alcançá-lo. Rolou pelo chão do jardim, escapando de uma segunda investida e cravou novamente a espada entre as placas de escamas que cobriam o corpo do inimigo. Porém, os golpes não pareciam sequer incomodar a besta.

Ao perceber a passagem livre do lado leste, Gail puxou o braço de Isaac e correu para se livrar da prisão na torre. O garoto, que estava hipnotizado pela luta travada pelo chefe da guarda real contra o monstro, pensou em protestar à amiga, mas desistiu. Ele tinha consciência de que precisavam fugir, deixando para Bátor a responsabilidade de continuar distraindo o animal ou de destruí-lo.

Sem qualquer sinal de ferimento, a criatura continuava urrando e avançando mortalmente contra o cavaleiro. Sua cauda agitava-se freneticamente às suas costas, varrendo tudo o que havia em seu caminho.

Em uma dessas varreduras, o rabo do animal chicoteou as pernas de Isaac com violência. O garoto caiu fazendo com que Gail fosse obrigada a retornar para ajudá-lo a se levantar.

Como uma profusão de ondas arrebentando sobre um rochedo na praia, vários golpes com a cauda foram lançados na direção de Isaac, mas sem precisão ou mira. Gail abaixou-se, desviando-se de todos os golpes, até que conseguiu chegar ao local onde o amigo encontrava-se caído.

O animal voltou sua atenção para Isaac, movendo o pescoço quase cento e oitenta graus. Bátor aproveitou esse momento para investir contra uma de suas patas. Porém, as placas de escamas naquela região eram igualmente duras, úmidas e reforçadas como a couraça em suas costas. Os golpes continuaram sendo dados em vão.

– Aqui! – gritou Bátor – Estou aqui!

A criatura reptiliana sequer olhou para quem a chamava. Naquele momento, ela estava mesmo interessada em Isaac e Gail.

E, subitamente, com rapidez e fúria, algumas dezenas de pequenas criaturas semelhantes à besta começaram a surgir, vindas também da floresta ao redor. Mais especificamente da região onde se concentrava o outono. Elas não conseguiam ficar sobre duas patas como a monstruosa criatura, mas arrastavam-se com semelhante velocidade e sede de sangue.

As pequenas réplicas do animal pareciam ávidas por carne humana.

Já de pé, Isaac apoiou-se em Gail e os dois começaram a correr novamente juntos para o lado leste do jardim. Eles seriam alcançados de qualquer maneira, em poucos segundos.

– De onde elas vieram? – perguntou Gail sem esperar qualquer resposta.

Bátor avançou na mesma direção para onde corriam sua filha e o garoto matemático, pisando sobre os pequenos animais que tentavam mordê-lo, às vezes, acertando-os com sua espada. Sempre de olho no animal maior que rugia e acompanhava-o com o olhar, como que tentando compreender o plano de fuga de suas presas; plano que, na verdade, não existia.

– Elas estão cercando nossa passagem – lamentou o cavaleiro.

Em questão de segundos, Isaac pensou nos dados em seu bolso. Não teria tempo para rolá-los. Nem mesmo fazia ideia do que perguntar a eles. Mas, com aquele pensamento, uma ideia lhe ocorreu.

– O Cubo de Random, Gail – gritou o garoto, sem ser compreendido de imediato.

Bátor alcançara-os, ficando entre eles e o monstro.

Com as vestes rasgadas, o cavaleiro foi mordido por outro filhote do gigantesco animal. Mais e mais criaturas repugnantes como aquela se aproximavam raivosas.

– Sim. Essas coisas só podem estar atrás do cubo – deduziu o cavaleiro.

– Se o feitiço lançado sobre o jardim era para proteger o Objeto de Poder, esses monstrengos não nos deixarão sair daqui com ele nas mãos – completou Gail.

Antes que pudesse se explicar melhor, a panturrilha de Isaac foi mordida por uma das pequenas pestes causando uma dor aguda. Enquanto isso, Gail se debatia contra outro pequeno réptil, que se projetara de um tronco de árvore sobre sua cabeça. O animal estava agarrado aos cabelos da menina e não dava sinais de que fosse soltá-los.

Para piorar a situação, a grande besta estava prestes a alcançá-los.

Isaac estava estarrecido com a situação na qual se encontravam. Viam-se encurralados. Aqueles medonhos e inquietos seres encantados não abririam mão do objeto que, por longos anos, guardaram e estavam dispostos a matar os invasores do jardim.

Bátor tombou de joelhos, mais uma vez ferido pelas criaturas. Sangue escorria da face de Gail e a posição de Isaac, acossado, não era também a das melhores.

– Dê-me o cubo, Gail – esbravejou o garoto vendo o desespero da amiga.

Em um piscar de olhos, o Cubo de Random já estava nas mãos do garoto. E, antes que Gail pudesse protestar, os Dados de Euclides foram parar em suas mãos.

– O que significa isso, Isaac?

– Fique com eles. Se eu não retornar, use-os com sabedoria.

Em combate, Bátor viu sua filha e ao garoto trocarem seus Objetos de Poder. E, em seguida, presenciou Isaac protagonizar uma das mais nobres ações de heroísmo e coragem.

– Fujam enquanto há tempo. Eu atrairei as criaturas para o inverno do jardim. Deem a volta e esperem por mim na fonte gradeada e seca por onde nós entramos.

– Não faça isso, Isaac! – gritou o cavaleiro, acompanhando o garoto com o olhar.

– Se eu não aparecer até o amanhecer, esqueçam o cubo. Saiam daqui. Salvem-se.

A resignação no tom de voz de Isaac tocou profundamente os sentimentos de Gail e Bátor. Estava feito. Isaac correra para a única direção livre, porém mortífera, para o inverno do jardim adormecido.

De modo instantâneo e da maneira prevista pelo matemático, o gigantesco animal e seus filhotes mostraram desinteresse pelos demais invasores e começaram a correr atrás dele.

Gail manteve-se no local onde se encontrava, exausta e ferida, com os olhos fixos na direção para onde o amigo correra. Um olhar que se traduzia em um adeus.

Bátor permaneceu de joelhos, assistindo a violenta disposição com que aqueles animais saíram à caça de Isaac. O chefe da guarda ousou colocar-se de pé, mas tombou, mesmo empenhando todas as forças que lhe restavam. Então, apenas lamentou que todo o trabalho que tiveram para encontrar o cubo terminasse daquela trágica maneira, com a morte certa do filho de Clérigo e em vão.

No inverno, a neve no chão do jardim dificultou os passos resolutos das pequenas criaturas, enquanto o frio, cada vez mais rigoroso, e os ferimentos na panturrilha atrasavam as passadas de Isaac. Ele tremia da cabeça aos pés.

A besta caminhava em sua direção com desconfiança e moderação, como se estivesse avaliando os riscos de também não sobreviver ao frio. O repulsivo e ameaçador monstro reptiliano parecia ter algum traço de inteligência, pois percebia que a fuga para aquele local gelado representava a morte certa.

A ideia de que aqueles seriam seus últimos minutos de vida fez com que Isaac se recordasse da primeira vez em que usou os Dados de Euclides. Quanta magia e surpresa ao descobrir que eles eram capazes de fazer algo impossível, revelar resultados futuros de determinados eventos.

O garoto arrependeu-se por não ter parado um instante sequer para consultá-los a respeito do desfecho que teriam em relação à busca do cubo. Promessa esquecida que fizera a si mesmo no decorrer da missão. Ele se envolveu demais com a aventura e deixou de lado o interesse pelo seu próprio fim; salvar os amigos pareceu-lhe mais importante.

A mensagem secreta deixada por Gail na "Pousada Arqueiro", a fuga pelo Aqueduto de Persley, o voo com os anões e o enigma na Biblioteca Amarela, por mais perigosos que pudessem ter sido, foram vividos com intensidade e paixão.

Seguir com Bátor, ainda que por caminhos tortuosos e diferentes do acordado com seu pai, que era ir direto para Corema conforme informado para ele, proporcionou a Isaac um crescimento e aprendizado fora do comum, inigualáveis. O cavaleiro não ensinara ao garoto apenas bravura e amizade, mas também renúncia e gratidão.

Gail não estava fora desse contexto, pelo contrário. Sua dose de inteligência e astúcia mostraram ao matemático que as pessoas são diferentes por diferentes razões e que cada um pode ser bom em alguma coisa, mas é no compartilhamento do conhecimento que conseguimos enfrentar os mais ousados e difíceis desafios.

Enquanto os pensamentos de Isaac fluíam rápido, as pequenas criaturas continuavam avançando devagar, mas com monstruosidade cada vez maior em suas faces. Mesmo assim, Isaac continuava a encontrar forças nas prazerosas lembranças da missão que desempenhara até aquele instante, como se lembranças pudessem aquecê-lo do frio mortal que começava a consumir a temperatura de seu corpo.

O valente menino parou de correr e olhou para trás. A criatura gigante permanecia imóvel, observando-o. Ele estava certo de que o monstro aguardava de longe sua morte súbita. Desanimado e congelado, o corpo do garoto tombaria e seria comido pelas criaturas menores, assim que o alcançassem.

Lutando contra aquele pensamento sombrio e abominável, atrevendo-se a negar o fracasso de sua missão, Isaac arregalou os olhos ao perceber que uma estratégia repousara sobre sua mente. Ou melhor, sobre suas mãos.

– O cubo também é um Objeto de Poder.

O garoto repetiu em voz alta o pensamento que teve e olhou para o cubo em suas mãos.

– O cubo é um Objeto de Poder.

Antes que as pequenas pestes o alcançassem, grunhindo com ferocidade, Isaac girou uma das peças móveis do objeto que segurava.

Se o cubo era um quebra-cabeça e ele ainda não estava totalmente montado, aquela poderia ser uma maneira de liberar o poder que ele continha. Mas qual seria esse poder?

Então, tudo aconteceu repentinamente. Com certo desespero, mas também com esperança, o garoto girou as peças do cubo uma e outra vez.

Usando um raciocínio tão invejável quanto o de sua amiga Gail, ele promoveu mais dois movimentos e algo extraordinário aconteceu quando uma das faces do cubo ficou toda montada com a cor branca. Uma luz forte como a do sol acendeu-se sobre ele e dissipou toda a escuridão e frieza ao redor.

Com ganidos dolorosos e contrações corporais involuntárias, as criaturas começaram a rolar na neve como que açoitadas por um chicote invisível. Pareciam avessas à forte luz gerada pelo poder do cubo.

Um ganido aterrorizante soou alto. Isaac percebeu que a besta colossal agora se debatia contra os pinheiros, agonizando. Um horror indizível tomou conta daqueles monstros antes sedentos por sangue humano. A pele daqueles medonhos animais carnívoros começou a ser rasgada, enquanto eles tentavam bater em retirada, atordoados. Estavam sendo afugentados e flagelados pelo clarão e pelos raios que desciam do céu. Era como se uma tempestade de raios caísse somente ao redor de Isaac, protegendo-o do mal, das ameaças, de seus inimigos.

– O quebra-cabeça precisa ser totalmente montado para que o encantamento lançado sobre o Jardim das Estações se quebre – concluiu Isaac, impressionado com o que seus olhos testemunhavam.

Então, quando outra face do cubo ficou com todos os seus quadrados pintados de amarelo, um vendaval ciclônico formou-se ao redor do menino, arrancando a couraça e exterminando de vez todas as criaturas. O vento atingia Isaac, mas com menos força, mantendo-o ileso, como se soubesse que não deveria machucá-lo.

O garoto sorriu. Começava a compreender como agia o poder daquele objeto que agora pertencia à sua amiga. As várias combinações das cores do Cubo de Random, em suas seis faces, pareciam modificar e controlar as condições climáticas ao redor de quem o manipulasse.

Temperatura, umidade e pressão do ar sofreram alterações, assim como a velocidade e direção do vento, tipo e quantidade de precipitação na atmosfera. Até nuvens se formaram momentaneamente ao derredor.

Quando cada face do objeto ficou preenchida totalmente com uma cor específica, algo mágico aconteceu. O jardim, que até então permanecera iluminado apenas pelas tochas e lampiões nos postes, não possuía mais aquela atmosfera sombria e medonha, fora iluminado pela luz da lua com vivacidade. O som de insetos noturnos voltou a soar no santuário. As quatro estações que coexistiam em partes separadas do jardim retomaram a ordem natural de sua ocorrência, dando lugar ao gostoso clima de verão presente naquela época do ano em Verlem.

Com um estrondo magnífico, as portas que davam acesso ao Jardim das Estações foram abertas. Todos puderam ouvir o ruído. Fora como o de uma enorme explosão.

Bátor e Gail aproximaram-se de Isaac, cheios de orgulho em seus olhares. Haviam sido salvos pela determinação do garoto em se sacrificar por eles. E, por meio daquele ato de heroísmo, somado a seu invejável raciocínio e conhecimento matemático, o garoto ajudara a recuperar o Cubo de Random.

– Obrigado, Isaac, você conseguiu – declarou-se Gail, cheia de genuína gratidão.

– Não! Nós conseguimos – corrigiu o amigo, entregando-lhe o cubo.

Em um ato de verdadeira comunhão, os Dados de Euclides também retornaram às mãos de seu verdadeiro descobridor e legítimo possuidor.

– Que bom que você sobreviveu, Isaac – ironizou Bátor. – Eu poderia perder meu cargo de chefe da guarda, se não o levasse com vida até o palácio.

Isaac, Bátor e Gail gargalharam por um tempo. Depois se deram o privilégio de ouvir o coaxar dos sapos ocultos pela vegetação serena do jardim e o canto dos grilos nos troncos das árvores frondosas e tranquilas. Uma coruja sobrevoou-os.

Um doce aroma, proveniente do orvalho caindo sobre as folhas e flores, preenchia o ar, anunciando que o encantamento que isolara o jardim fora removido. A paz reinava em cada canto daquele local antes protegido por magia, dissipando qualquer pensamento mau ou pesadelo que antes atormentava a vida dos três aventureiros.

O coração de Isaac Samus estava alegre e inexplicavelmente seguro. Em breve, conheceria pessoalmente a rainha Owl e se colocaria à disposição do reino para defendê-lo com o poder dos dados que possuía. Mas agora Isaac também adquiria mais uma nova e sábia convicção. A matemática era, sem dúvida, muito poderosa, mas não a única forma de magia.